Beltz & Gelberg Taschenbuch 606

Schauriger Schlamassel

Band 1: Der Alptraum am Anfang (78604)
Band 2: Der schillernde Schlangensaal (78605)
Band 3: Das falsche Fenster (78606)
Band 4: Die sirrenden Sägen (78607)
Band 5: Die schreckliche Schule (78608)
Band 6: Der finstere Fahrstuhl (78609)

Mehr unter
www.schauriger-schlamassel.de
www.lemonysnicket.com

Lemony Snicket ist das Pseudonym des amerikanischen Autors Daniel Handler. Er wurde in San Francisco geboren, bekam mehrere Literaturpreise und lebt mit seiner Familie in New York. Die Bücher über das Schicksal der Baudelaire-Waisen, die in den USA unter dem Titel *A Series of Unfortunate Events* erscheinen, sind weltweit zu einem Riesenerfolg geworden. In Amerika wird die Serie zurzeit verfilmt.

Schauriger Schlamassel/Band 3

Lemony Snicket

Das falsche Fenster

Roman

Aus dem amerikanischen Englisch
von Klaus Weimann

BELTZ
& Gelberg

Editorische Notiz

Die Bücher aus der Serie *Schauriger Schlamassel* erschienen zuvor unter dem Reihentitel *Die schaurige Geschichte von Violet, Sunny und Klaus.* In der gebundenen Ausgabe trug der vorliegende Band den Titel *Das zerbrochene Fenster.*

Für Beatrice

Mir wäre lieber, du wärest am Leben und gesund

www.beltz.de
Beltz & Gelberg Taschenbuch 606

in der Verlagsgruppe Beltz • Weinheim Basel Berlin

Die amerikanische Originalausgabe erschien unter dem Titel
A Series of Unfortunate Events – The Wide Window
bei HarperCollins Publishers Inc., New York

Published by arrangement with HarperCollins Children's Books,
a division of HarperCollins Publishers Inc., New York
Aus dem amerikanischen Englisch von Klaus Weimann
Neue Rechtschreibung
Einbandgestaltung: Thomas M. Müller
Gesamtherstellung: Druckhaus Beltz, Hemsbach
Printed in Germany
ISBN 3 407 78606 9
1 2 3 4 5   07 06 05 04 03

Erstes Kapitel

Wer die Baudelaire-Waisen nicht kennt, könnte, wenn er sie so am Damokleskai auf ihren Koffern sitzen sieht, annehmen, ihnen stünde ein aufregendes Abenteuer bevor. Schließlich waren die drei Kinder soeben aus der Freudlosen Fähre ausgestiegen, die sie über den Seufzersee gebracht hatte, um bei ihrer Tante Josephine zu leben. Und normalerweise wäre das der Anfang eines aufregenden und erfreulichen Lebens.

Aber natürlich wäre eine solche Annahme grundlegend falsch. Denn obwohl Violet, Klaus und Sunny Baudelaire aufregende und unvergessliche Erfahrungen bevorstanden, sollten sie doch nicht in der Art aufregend und unvergesslich sein, wie wenn einem die Zukunft vorausgesagt wird oder man einen Zirkus besucht. Ihre Abenteuer sollten vielmehr so aufregend und unvergesslich sein, als ob man um Mitternacht von einem Werwolf über ein Feld voller Dornengestrüpp gejagt wird und kein Mensch in der Nähe ist, der einem helfen kann. Wenn du eine aufregende, aber erfreuliche Geschichte lesen möchtest, dann muss ich dir leider sagen, dass du mit Sicherheit das falsche Buch in der Hand hast, denn die Baudelaires erleben im Verlauf ihres bedrückenden und jammervollen Lebens nur sehr wenig Erfreuliches. Ihr Unglück ist ganz entsetzlich, so entsetzlich, dass ich mich kaum dazu durchringen kann, darüber zu schreiben. Wenn du also lieber keine tragische und traurige Geschichte lesen möchtest, dann hast du hiermit eine allerletzte Möglichkeit, dieses Buch beiseite zu legen; das Elend der Baudelaire-Waisen beginnt nämlich bereits mit der nächsten Zeile.

»Schaut, was ich euch mitgebracht habe«, sagte Mr. Poe. Er grinste über beide Ohren und hielt ihnen eine kleine Papiertüte hin. »Pfefferminzbonbons!« Mr. Poe arbeitete bei einer Bank und musste sich nach dem Tode der Baudelaire-Eltern um die Angelegenheiten der Waisen kümmern. Mr. Poe war ein herzensguter Mann, aber es reicht in dieser Welt nicht aus, herzensgut zu sein, besonders dann nicht, wenn man Kinder vor Gefahren beschützen soll. Mr. Poe kannte die Kinder seit ihrer Geburt; trotzdem hatte er nicht daran gedacht, dass sie gegen Pfefferminzbonbons allergisch waren.

»Danke, Mr. Poe«, sagte Violet, nahm die Papiertüte und blickte hinein. Wie die meisten Vierzehnjährigen war Violet zu wohlerzogen, um zu erwähnen, dass sie nach dem Genuss eines Pfefferminzbonbons einen Nesselausschlag erleben würde, was »eine Pustelexplosion, die den Körper für ein paar Stunden mit roten juckenden Placken bedeckt,« bedeutet. Außerdem war sie gerade viel zu sehr mit erfinderischen Überlegungen beschäftigt, um groß auf Mr. Poe zu achten. Jeder, der Violet kannte, wusste, dass, wenn ihr Haar – wie gerade jetzt – mit einem Band zusammengehalten war, um es aus den Augen zu halten, ihr Kopf mit Hebeln, Scheiben, Zahnrädern und anderen Gegenständen angefüllt war, wie man sie für Erfindungen braucht. In diesem Augenblick dachte sie darüber nach, wie sie den Motor der Freudlosen Fähre so verbessern könnte, dass er keinen Rauch mehr in den grauen Himmel spuckte.

»Das ist sehr freundlich von Ihnen«, sagte Klaus, das mittlere der Baudelaire-Kinder, lächelnd zu Mr. Poe. Dabei dachte er daran, dass seine Zunge, wenn er nur kurz an einem Pfefferminz lutschte, sofort anschwellen würde und er kaum in der Lage wäre zu sprechen. Klaus nahm seine Brille ab und wünschte, Mr. Poe hätte ihm statt der Bonbons besser ein Buch oder eine Zeitung gekauft. Klaus war eine richtige Leseratte, und kaum hatte er im Alter von acht Jahren bei einer Geburtstagsfeier die erste Erfahrung mit seiner Allergie gemacht, da hatte er sofort alle Bücher seiner Eltern über Allergien gelesen. Noch vier Jahre danach konnte er die chemischen Formeln auswendig, die für das Anschwellen seiner Zunge verantwortlich waren.

»Toi!«, quiekte Sunny. Die Jüngste der Baudelaires war noch ein Kleinkind, und wie die meisten Kleinkinder sprach sie überwiegend in Worten, die schwer zu verstehen waren. Mit »Toi!« meinte sie wahrscheinlich: »Ich habe noch nie ein Pfefferminzbonbon gegessen, weil ich befürchte, dass ich wie meine Geschwister allergisch dagegen bin«, aber ganz sicher konnte man sich da nicht sein. Es wäre auch möglich, dass sie sagen wollte: »Ich wünschte, ich könnte in ein Pfefferminzbonbon beißen, denn ich liebe es, mit meinen vier scharfen Zähnen in Dinge zu beißen, aber ich möchte lieber keine allergische Reaktion riskieren.«

»Ihr könnt sie während der Taxifahrt zum Haus von Mrs. Anwhistle lutschen«, sagte Mr. Poe und hustete in sein weißes Taschentuch. Er war anscheinend immer erkältet, und die Baudelaire-Waisen waren schon daran gewöhnt, alle Mitteilungen von ihm zwischen Anfällen von trockenem Husten und Krächzen zu erhalten. »Sie lässt sich entschuldigen, dass sie euch nicht vom Kai abholt, aber sie hat Angst davor.«

»Warum sollte sie Angst vor einem Kai haben?«, fragte Klaus und blickte sich nach den hölzernen Landestegen und den Segelbooten um.

»Sie hat vor allem Angst, was mit dem Seufzersee zu tun hat«, sagte Mr. Poe, »aber sie hat nicht gesagt, warum. Vielleicht hat es mit dem Tod ihres Mannes zu tun. Eure Tante Josephine – in Wirklichkeit ist sie natürlich nicht eure Tante, sondern die Schwägerin eurer Kusine zweiten Grades, aber sie hat darum gebeten, dass ihr sie Tante Josephine nennt –, eure Tante Josephine hat kürzlich ihren Mann verloren, und es könnte sein, dass er ertrunken oder bei einem Bootsunglück umgekommen ist. Ich hielt es für unhöflich, nachzufragen, wie sie zur Wittib geworden ist. Nun, dann will ich euch mal in ein Taxi verfrachten.«

»Was bedeutet dieses Wort?«, fragte Violet.

Mr. Poe blickte Violet mit hochgezogenen Augenbrauen an. »Ich bin erstaunt über dich, Violet«, sagte er. »Ein Mädchen in deinem Alter sollte eigentlich wissen, dass ein Taxi ein Auto ist, das dich gegen eine Gebühr irgendwohin bringt. Also lasst uns euer Gepäck zusammensuchen und an die Bordsteinkante treten.«

»Wittib«, flüsterte Klaus Violet zu, »ist ein hochgestochenes Wort für Witwe.«

»Danke«, flüsterte sie zurück und nahm ihren Koffer in die eine Hand und Sunny an die andere. Mr. Poe schwenkte sein Taschentuch in der Luft, um ein Taxi herbeizurufen; im Nu verstaute der Taxifahrer das ganze Gepäck der Baudelaires im Kofferraum und Mr. Poe verstaute die Baudelaire-Kinder auf dem Rücksitz.

»Ich verabschiede mich hier von euch«, sagte Mr. Poe. »In der Bank wird schon gearbeitet, und ich fürchte, dass ich nichts mehr geschafft bekomme, wenn ich euch zu Tante Josephine begleite. Grüßt sie bitte von mir, und richtet ihr aus, dass ich regelmäßig in Verbindung mit ihr bleiben werde.« Mr. Poe machte eine kleine Pause und hustete in sein Taschentuch, bevor er fortfuhr: »Also, eure Tante Josephine hat ein wenig Angst davor, drei Kinder in ihrem Haus zu haben, aber ich habe ihr versichert, dass ihr euch sehr gut zu benehmen wisst. Passt also auf und achtet auf eure Manieren. Wie immer könnt ihr mich in der Bank anrufen oder mir ein Fax schicken, wenn es irgendein Problem gibt. Obwohl ich mir nicht vorstellen kann, dass diesmal irgendetwas schief geht.«

Als Mr. Poe »diesmal« sagte, blickte er die Kinder bedeutungsvoll an, als ob es ihre Schuld wäre, dass Onkel Monty tot war. Die Baudelaires waren jedoch vor dem Treffen mit ihrem neuen Vormund zu nervös, um Mr. Poe mehr zu sagen als »bis dann«.

»Bis dann«, sagte Violet und steckte die Tüte mit den Pfefferminzbonbons in die Tasche.

»Bis dann«, sagte Klaus und warf einen letzten Blick auf den Damokleskai.

»Frul!«, kreischte Sunny und kaute auf dem Verschluss ihres Sicherheitsgurtes herum.
»Bis dann«, erwiderte Mr. Poe, »und viel Glück. Ich werde so oft wie möglich an euch denken.«
Mr. Poe gab dem Taxifahrer etwas Geld und winkte den drei Kindern zum Abschied nach, als das Auto vom Bordstein abfuhr und in eine graue Straße mit Kopfsteinpflaster einbog. Sie kamen an einem kleinen Lebensmittelgeschäft vorbei, vor dem Fässer mit Limetten und Rüben standen. Sie sahen ein Kleidergeschäft namens *Das könnte Ihnen so passen!*, das offenbar gerade renoviert wurde. Und da war ein fürchterlich aussehendes Restaurant *Zum Bangen Clown* mit Neonleuchten und Luftballons im Fenster. Die meisten Läden und Geschäfte jedoch waren mit Brettern oder Metallgittern vor Fenstern und Türen verrammelt.
»Die Stadt scheint nicht gerade sehr bevölkert«, bemerkte Klaus. »Ich hatte gehofft, wir könnten hier ein paar neue Freunde finden.«
»Die Saison ist vorbei«, sagte der Taxifahrer, ein dürrer Mann, dem eine dünne Zigarette aus dem Mundwinkel hing, und während er mit den Kindern sprach, betrachtete er sie im Rückspiegel. »Die Stadt Seufzersee ist ein Kurort, und wenn schönes Wetter herrscht, ist sie gestopft voll. Aber um diese Zeit ist alles so tot wie die Katze, die ich heute Morgen über-

fahren habe. Um neue Freunde zu finden, müsst ihr warten, bis das Wetter etwas besser wird. Übrigens: Der Hurrikan Hermann wird in etwa einer Woche in der Stadt erwartet. Ihr solltet dafür sorgen, dass ihr genug Verpflegung da oben im Haus habt.«

»Ein Hurrikan auf einem See?«, fragte Klaus. »Ich dachte immer, Hurrikane kommen nur in der Nähe des Meeres vor.«

»Auf einem Gewässer so groß wie der Seufzersee«, sagte der Fahrer, »kann alles passieren. Ehrlich gesagt hätte ich etwas Angst, oben auf dieser Anhöhe zu wohnen. Wenn der Sturm erst einmal losbricht, wird es schwierig, den ganzen Weg hinab in die Stadt zu fahren.«

Violet, Klaus und Sunny sahen zum Fenster hinaus und verstanden, was der Fahrer mit »den ganzen Weg hinab« gemeint hatte. Das Taxi hatte eine letzte Kurve umrundet und war auf der zerklüfteten Kuppe eines ganz, ganz hohen Hügels angekommen. Ganz, ganz tief unten konnten die Kinder die Stadt sehen, die Straße mit dem Kopfsteinpflaster, die sich wie eine winzige graue Schlange um die kastenförmigen Gebäude wand, und das kleine Viereck des Damokleskais mit stecknadelkopfgroßen hin und her eilenden Menschen darauf. Und jenseits des Kais sah man wie einen Tintenklecks den Seufzersee, riesig und finster, als ob ein Ungeheuer über den drei Waisenkindern stünde und einen riesigen Schatten nach unten würfe. Für ein paar Augenblicke starrten die Kinder auf den See, wie hypnotisiert von diesem gigantischen Fleck auf der Landschaft.

»Der See ist wirklich gigantisch«, sagte Klaus, »und wie tief er aussieht. Ich kann fast verstehen, warum Tante Josephine sich vor ihm fürchtet.«

»Die Dame, die hier oben lebt«, fragte der Taxifahrer, »fürchtet sich vor dem See?«

»Das hat man uns gesagt«, antwortete Violet.

Der Fahrer schüttelte den Kopf und hielt an. »Ich kapier nicht, wie sie's dann hier aushalten kann.«

»Wie meinen Sie das?«, fragte Violet.

»Wollt ihr sagen, ihr wart noch nie in diesem Haus?«, fragte er.

»Nein, niemals«, antwortete Klaus. »Wir kennen auch unsere Tante Josephine nicht.«

»Also, wenn eure Tante Josephine Angst vor dem Wasser hat«, sagte der Taxifahrer, »dann glaube ich nicht, dass sie in diesem Haus wohnt.«

»Wie meinen Sie das?«, fragte jetzt Klaus.

»Schaut euch doch mal um«, sagte der Fahrer und stieg aus.

Die Baudelaires schauten sich um. Zunächst sahen die drei Kinder nur einen kleinen viereckigen Kasten mit einer Tür, von der die weiße Farbe abblätterte, und es sah aus, als wäre das Haus kaum größer als das Taxi, das sie hierher gebracht hatte. Aber als sie aus dem Wagen kletterten und näher an das Haus herangingen, sahen sie, dass dieser kleine Kasten der einzige Teil des Hauses war, der sich auf der Kuppe des Hügels befand. Der Rest – eine ganze Reihe viereckiger Schachteln, die wie Eiswürfel zusammenklebten – hing über die Kante des Hügels und war nur mit langen Metallstelzen an ihm befestigt, die wie Spinnenbeine aussahen. Als die drei Waisenkinder auf ihr neues Zuhause herabblickten, hatten sie den Eindruck, dass das ganze Haus sich krampfhaft an den Hügel klammerte.

Der Taxifahrer holte ihr Gepäck aus dem Kofferraum, stellte es vor die Tür, von der die weiße Farbe abblätterte, verabschiedete sich mit einem *Tuut* seiner Hupe und fuhr den Hügel hinab. Mit einem leisen Quietschen öffnete sich die Haustür und dahinter erschien eine bleiche Frau. Ihr weißes Haar trug sie hoch oben auf dem Kopf zu einem Knoten gebunden.

»Hallo«, sagte sie mit einem dünnen Lächeln. »Ich bin eure Tante Josephine.«

»Hallo«, sagte Violet unsicher und trat vor, um ihren neuen Vormund zu begrüßen. Hinter ihr trat Klaus vor und hinter ihm kroch Sunny. Alle drei

Baudelaires bewegten sich ganz vorsichtig, als könnte ihr Gewicht das Haus aus seiner heiklen Lage kippen. Die Waisenkinder fragten sich, wie eine Frau, die solche Angst vor dem Seufzersee hatte, in einem Haus leben konnte, das jeden Augenblick in dessen Tiefen zu stürzen drohte.

Zweites Kapitel

»Das ist die Heizung«, sagte Tante Josephine und deutete mit einem bleichen, mageren Finger auf einen Heizkörper. »Fasst sie bitte niemals an. Vielleicht findet ihr es hier bei mir etwas kühl. Aber ich stelle die Heizung nie an, weil ich Angst habe, sie könnte explodieren; daher wird es abends oft sehr kalt.«

Violet und Klaus blickten sich kurz an und Sunny blickte beide an. Tante Josephine führte sie durch ihr neues Zuhause, und bislang schien sie vor allem Angst zu haben, vom Fußabtreter am Eingang, über den man, wie Tante Josephine erklärte, stolpern und sich das Genick brechen könnte, bis zum Sofa im Wohnzimmer, das, wie sie meinte, jederzeit umkippen und sie erschlagen könnte.

»Hier ist das Telefon«, sagte Tante Josephine und zeigte auf das Telefon. »Man sollte es nur im Notfall benutzen, denn es besteht die Gefahr, dass man sich einen tödlichen Stromschlag holt.«

»Ich habe«, sagte Klaus, »viel über Elektrizität gelesen. Ich bin ziemlich sicher, dass das Telefon völlig ungefährlich ist.«

Tante Josephines Hände flatterten zu ihrem weißen Haar, als ob ihr etwas auf den Kopf gesprungen wäre. »Man darf nicht alles glauben, was man liest«, erklärte sie.

»Ich habe mal ein Telefon aus allen Einzelteilen zusammengebaut«, sagte Violet. »Wenn du magst, könnte ich das Telefon auseinander nehmen und dir zeigen, wie es funktioniert. Vielleicht fühlst du dich dann sicherer.«

»Das glaube ich nicht«, sagte Tante Josephine mit gerunzelter Stirn.

»Delmo!«, war Sunnys Beitrag, was vermutlich etwas bedeutete wie: »Wenn du willst, beiße ich in das Telefon, um dir zu zeigen, dass es ungefährlich ist.«

»Delmo?«, fragte Tante Josephine, während sie sich bückte und einen Fussel vom Teppich mit dem verblichenen Blumenmuster aufhob. »Was meinst du mit ›delmo‹? Ich betrachte mich als Sprachexpertin, aber ich habe keine Idee, was das Wort ›delmo‹ bedeutet. Welche Sprache spricht Sunny?«

»Sunny spricht noch nicht flüssig, fürchte ich«, sagte Klaus und hob seine kleine Schwester hoch. »Meistens nur Kleinkindergebrabbel.«

»Gran!«, kreischte Sunny, was in etwa bedeutete: »Ich protestiere dagegen, dass du das Kleinkindergebrabbel nennst!«

»Nun gut, dann muss ich ihr die richtige Sprache

beibringen«, sagte Tante Josephine steif. »Ich bin sicher, ihr braucht eigentlich alle drei etwas Nachhilfe in Grammatik. Grammatik ist das größte Vergnügen im Leben, findet ihr nicht?«

Die drei Geschwister schauten sich an. Violet hätte wahrscheinlich eher gesagt, dass Erfindungen zu machen das größte Vergnügen im Leben sei, und Klaus dachte das vom Lesen, und für Sunny gab es natürlich kein größeres Vergnügen, als in Dinge zu beißen. Die Baudelaires dachten über Grammatik, all diese Regeln für das Schreiben und Sprechen einer Sprache, wie sie auch über Bananenkuchen dachten: ganz nett, aber nichts, worüber man sich groß aufregen sollte. Doch sicher wäre es unhöflich, Tante Josephine zu widersprechen.

»Ja«, sagte Violet schließlich. »Grammatik haben wir immer gemocht.«

Tante Josephine nickte und schenkte den Baudelaires ein flüchtiges Lächeln. »Ich bringe euch jetzt auf euer Zimmer und den Rest der Besichtigung machen wir nach dem Abendessen. Wenn ihr diese Tür öffnet, drückt nur hier gegen das Holz. Benutzt niemals den gläsernen Türgriff. Ich habe immer Angst, dass er in tausend Stücke zerspringt und eins davon mir ins Auge fliegt.«

Die Baudelaires glaubten allmählich, dass sie keinen einzigen Gegenstand im ganzen Haus berühren durften, aber sie lächelten Tante Josephine zu, drückten gegen das Holz und öffneten so die Tür. Dahinter zeigte sich ein geräumiges, helles Zimmer mit kahlen weißen Wänden und einem schlichten blauen Teppich. Da standen zwei große Betten und ein großes Kinderbettchen, offenbar für Sunny. Alle drei waren mit einer schlichten blauen Tagesdecke bedeckt, und an jedem Fußende stand eine mächtige Truhe, in der man Sachen aufbewahren konnte. An einem Ende des Zimmers befand sich ein großer Kleiderschrank für sie gemeinsam, ein kleines Fenster zum Hinausschauen und ein mittelgroßer Haufen von Blechdosen zu keinem erkennbaren Zweck.

»Es tut mir Leid, dass ihr drei euch ein Zimmer teilen müsst«, sagte Tante Josephine, »aber dieses Haus ist nicht allzu groß. Ich habe mir Mühe gegeben, alles bereitzustellen, was ihr braucht, und ich hoffe, dass ihr es bequem habt.«

»Ganz bestimmt«, sagte Violet und trug ihren Koffer in das Zimmer. »Vielen Dank, Tante Josephine.«

»In den Truhen«, sagte Tante Josephine, »liegt für jeden von euch ein Geschenk.«

Geschenke? Die Baudelaires hatten furchtbar lange keine Geschenke mehr bekommen. Lächelnd ging Tante Josephine zur ersten Truhe und öffnete sie. »Für Violet«, sagte sie, »habe ich hier eine wunderschöne neue Puppe mit einer Menge Kleider zum Anziehen.« Tante Josephine langte in die Truhe und holte eine Plastikpuppe mit einem winzigen Mündchen und riesigen Glotzaugen heraus. »Ist sie nicht himmlisch? Sie heißt Süße Susi.«

»Oh, danke«, sagte Violet, die mit ihren vierzehn Jahren schon zu alt für Puppen und sowieso nie scharf auf Puppen gewesen war. Mit einem krampfhaften Lächeln nahm sie Tante Josephine die Süße Susi ab und tätschelte ihr kleines Plastikköpfchen.

»Und für Klaus«, sagte Tante Josephine, »haben wir einen Satz einer Modelleisenbahn.« Sie öffnete die zweite Truhe und holte einen winzigen Eisenbahnwagen heraus. »Du kannst die Schienen da drüben in der leeren Zimmerecke aufbauen.«

»Wie schön«, sagte Klaus und gab sich Mühe, begeistert auszusehen. Er hatte Modelleisenbahnen noch nie gemocht, weil es viel Arbeit machte, sie aufzubauen, und wenn man damit fertig war, hatte man nur etwas, was ununterbrochen im Kreis herumfuhr.

»Und für die kleine Sunny«, sagte Tante Josephine und langte in die Truhe, die am Fußende des Kinderbettchens stand, »ist hier eine Rassel. Siehst du, Sunny, sie macht ein leises Geräusch.«

Sunny lächelte Tante Josephine an und zeigte ihre vier scharfen Zähne; ihre älteren Geschwister aber wussten, dass Sunny für Rasseln und das unangenehme Geräusch, das sie machen, wenn man sie schüttelt, nur Verachtung übrig hatte. Als sie noch sehr klein war, hatte sie eine Rassel bekommen, und das war wirklich der einzige Gegenstand, von dem sie nicht bedauerte, ihn in dem gewaltigen Feuer verloren zu haben, das das Heim der Baudelaires zerstört hatte.

»Es ist so lieb von dir«, sagte Violet, »uns all diese Sachen zu schenken.« Sie war zu höflich, um hinzuzufügen, dass es nicht gerade ihre Lieblingssachen waren.

»Ich freue mich sehr, euch bei mir zu haben«, sagte Tante Josephine. »Ich liebe Grammatik über alles. Und ich bin ganz begeistert, diese Liebe zur Grammatik mit drei so netten Kindern wie euch teilen zu können. Nun lasse ich euch ein paar Minuten allein, damit ihr euch einrichten könnt, dann nehmen wir ein kleines Abendessen ein. Bis bald also.«

»Tante Josephine«, fragte Klaus, »wozu sind diese Blechdosen da?«

»Die Blechdosen? Gegen Einbrecher natürlich«, sagte Tante Josephine und klopfte auf den Haarknoten auf ihrem Kopf. »Ihr müsst genauso Angst vor Einbrechern haben wie ich. Stellt also einfach jeden Abend an der Tür diese Blechdosen auf, und wenn Einbrecher hereinkommen, stolpern sie darüber und ihr wacht auf.«

»Aber was sollen wir dann tun, wenn wir wach sind, mit einem wütenden Einbrecher im Zimmer?«, fragte Violet. »Ich würde während eines Einbruchs lieber durchschlafen.«
Tante Josephines Augen weiteten sich vor Angst. »Wütende Einbrecher?«, wiederholte sie. »*Wütende Einbrecher?* Was redest du von *wütenden Einbrechern?* Willst du uns allen noch mehr Angst einjagen, als wir sowieso schon haben?«
»Natürlich nicht«, stotterte Violet. Sie verzichtete darauf, zu erwähnen, dass Tante Josephine ja selbst das Thema zur Sprache gebracht hatte. »Es tut mir Leid. Ich wollte dir keine Angst machen.«
»Gut, wir wollen nicht weiter darüber reden«, sagte Tante Josephine, während sie ängstlich die Blechdosen betrachtete, als ob im gleichen Augenblick Einbrecher darüber stolpern könnten. »Wir sehen uns in ein paar Minuten beim Essen.«
Der neue Vormund der Baudelaire-Waisen schloss die Tür, und bevor sie miteinander sprachen, horchten sie darauf, wie Tante Josephines Schritte den Korridor entlangtappten.
»Sunny kann die Süße Susi haben«, sagte Violet und gab ihrer Schwester die Puppe. »Das Plastikmaterial ist fest genug zum Kauen, denke ich.«
»Und du kannst die Modelleisenbahn haben, Violet«, sagte Klaus. »Vielleicht kannst du die Lokomoti-

ven auseinander nehmen und irgendetwas erfinden.«
»Aber dann bleibt für dich nur die Rassel«, sagte Violet. »Das ist nicht fair.«
»Schu!«, quiekte Sunny, was wahrscheinlich so viel bedeutete wie: »Es ist schon lange her, dass es in unserem Leben einmal fair zugegangen ist.«
Die Baudelaires blickten sich mit einem bitteren Lächeln an. Sunny hatte Recht. Es war nicht fair, dass ihnen ihre Eltern genommen worden waren. Es war nicht fair, dass der böse, abstoßende Graf Olaf sie überallhin verfolgte und nur auf ihr Vermögen scharf war. Es war nicht fair, dass sie von einem Verwandten zum anderen ziehen mussten und ihnen in jedem neuen Zuhause entsetzliche Dinge passierten, als ob die Baudelaires mit einem fürchterlichen Bus fuhren, dessen Haltestellen Ungerechtigkeit und Jammer hießen. Und es war mit Sicherheit schon gar nicht fair, dass Klaus in dem neuen Heim nur eine Rassel zum Spielen hatte.
»Tante Josephine hat sich offenbar viel Mühe gegeben, dieses Zimmer für uns einzurichten«, sagte Violet traurig. »Sie ist anscheinend eine gutherzige Frau. Wir sollten uns daher nicht beklagen, nicht einmal untereinander.«
»Du hast Recht«, sagte Klaus, hob seine Rassel hoch und schüttelte sie ohne Begeisterung. »Wir sollten uns nicht beklagen.«

»Twii!«, kreischte Sunny, was wahrscheinlich so etwas bedeutete wie: »Ihr habt beide Recht. Wir sollten uns nicht beklagen.«

Klaus ging zum Fenster und schaute auf die sich verdunkelnde Landschaft hinaus. Die Sonne ging gerade über der pechschwarzen Tiefe des Seufzersees unter und ein kalter Wind erhob sich. Sogar durch das geschlossene Fenster hindurch spürte Klaus, wie die Luft kühler wurde. »Ich will mich aber trotzdem beklagen«, sagte er.

»Die Suppe ist aufgetragen!«, rief Tante Josephine aus der Küche. »Bitte kommt zum Essen!«

Violet legte Klaus die Hand auf die Schulter und drückte sie leicht, um ihn zu trösten. Ohne ein weiteres Wort gingen die Baudelaires den Korridor entlang und ins Esszimmer.

»Normalerweise«, sagte Tante Josephine, »ist ›die Suppe ist aufgetragen‹ natürlich eine feste Redewendung, die nichts mit Suppe zu tun hat. Sie bedeutet einfach, dass das Essen fertig ist. In diesem Fall habe ich allerdings tatsächlich eine Suppe zubereitet.«

»Oh, prima«, sagte Violet. »Es gibt nichts Besseres als eine heiße Suppe an einem kühlen Abend.«

»Genau genommen ist es keine heiße Suppe«, sagte Tante Josephine. »Ich bereite nie warme Mahlzeiten zu, weil ich Angst habe, den Herd anzustellen.

Er könnte in Flammen aufgehen. Ich habe gekühlte Gurkensuppe zum Abendessen gemacht.«

Die Baudelaires schauten sich an und bemühten sich, ihre Enttäuschung zu verbergen. Wie du wahrscheinlich weißt, ist gekühlte Gurkensuppe eine Delikatesse, die man sich am besten an einem sehr heißen Tag schmecken lässt. Ich selbst habe sie einmal in Ägypten genossen, als ich einen Freund besuchte, der als Schlangenbeschwörer arbeitet. Wenn sie gut gemacht ist, hat gekühlte Gurkensuppe einen köstlichen Minzegeschmack, kühl und erfrischend, als ob man gleichzeitig etwas isst und trinkt. Aber an einem kalten Tag in einem zugigen Raum ist gekühlte Gurkensuppe ungefähr so passend wie ein Wespenschwarm bei einer Konfirmation. Grabesstill setzten sich die drei Kinder mit ihrer Tante Josephine zu Tisch und gaben sich Mühe, den kalten, dickflüssigen Schleim hinunterzuwürgen. Das einzige Geräusch kam von Sunnys vier Zähnen, die während des eisigen Abendessens gegen ihren Suppenlöffel klapperten. Wie ihr sicherlich wisst, scheint sich eine Mahlzeit, wenn keiner bei Tisch spricht, stundenlang hinzuziehen; so schien es den Kindern schon sehr viel später, als Tante Josephine das Schweigen brach.

»Mein Mann und ich hatten keine Kinder«, sagte sie, »weil wir Angst davor hatten. Aber ihr sollt wissen, dass ich sehr froh darüber bin, euch hier zu haben. Ganz allein auf diesem Hügel bin ich oft sehr einsam, und als mir Mr. Poe über eure Probleme schrieb, wollte ich nicht, dass ihr so einsam seid wie ich, nachdem ich meinen lieben Ike verloren habe.«

»War Ike dein Mann?«, fragte Violet.

Ohne Violet anzusehen, lächelte Tante Josephine, als ob sie mehr zu sich selbst als zu den Baudelaires sprach. »Ja«, sagte sie wie abwesend, »er war mein Mann, aber er war viel mehr als das. Er war mein bester Freund, mein Grammatikpartner, und er war der einzige Mensch, den ich kannte, der mit Keksen im Mund pfeifen konnte.«

»Unsere Mutter konnte das auch«, sagte Klaus lächelnd. »Ihre Spezialität war Mozarts Vierzehnte Symphonie.«

»Ikes Meisterstück war Beethovens Viertes Quartett«, antwortete Tante Josephine. »Offenbar ist es eine Besonderheit der Familie.«

»Es tut mir Leid, dass wir ihn nicht kennen lernen konnten«, sagte Violet. »Er war anscheinend ein wundervoller Mensch.«

»Er war in der Tat wundervoll«, sagte Tante Josephine, rührte in ihrer Suppe und blies darauf, obwohl sie eiskalt war. »Ich war so traurig, als er starb. Ich hatte das Gefühl, die beiden wichtigsten Dinge in meinem Leben verloren zu haben.«

»Die beiden?«, fragte Violet. »Wie meinst du das?«
»Ich habe Ike verloren«, sagte Tante Josephine, »und ich habe den Seufzersee verloren. Ich will natürlich nicht sagen, dass ich ihn wirklich verloren habe. Er ist ja noch unten im Tal. Aber ich bin an seinen Ufern aufgewachsen. Jeden Tag bin ich in ihm geschwommen. Ich wusste, wo Sandstrände und wo felsige Strände sind. Ich kannte alle Inseln im See und alle Höhlen an seinen Ufern. Der Seufzersee war für mich immer ein Freund. Aber nachdem er mir den armen Ike genommen hatte, war ich viel zu ängstlich, um ihm jemals wieder nahe zu kommen. Ich habe aufgehört, in ihm zu schwimmen. Ich bin niemals wieder an den Strand gegangen. Ich habe sogar alle meine Bücher über den See weggeräumt. Der einzige Ort, von dem aus ich seinen Anblick noch ertragen kann, ist vom Riesenfenster in der Bibliothek aus.«
»Bibliothek?«, fragte Klaus und seine Miene hellte sich auf. »Du hast eine Bibliothek?«
»Natürlich«, sagte Tante Josephine. »Wo sollte ich sonst all meine Bücher zur Grammatik aufbewahren? Wenn ihr eure Suppe aufgegessen habt, zeige ich euch die Bibliothek.«
»Ich kann keinen Löffel mehr essen«, sagte Violet wahrheitsgemäß.
»Irm!«, kreischte Sunny zustimmend.

»Nicht doch, Sunny«, sagte Tante Josephine. »›Irm‹ ist grammatikalisch nicht richtig. Du willst sagen: ›Ich bin auch fertig mit meinem Abendessen.‹ «

»Irm.« Sunny blieb dabei.

»Du meine Güte, du brauchst wirklich Nachhilfe in Grammatik«, sagte Tante Josephine. »Ein Grund mehr, in die Bibliothek zu gehen. Kommt jetzt, Kinder.«

Die Baudelaires ließen ihre halb vollen Suppenteller stehen und folgten Tante Josephine den Gang entlang, wobei sie sich hüteten, unterwegs irgendeinen gläsernen Türknauf zu berühren. Am Ende des Korridors blieb Tante Josephine stehen und öffnete eine Tür, die ganz gewöhnlich aussah. Aber als die Kinder hindurchgingen, kamen sie in einen Raum, der alles andere als gewöhnlich war.

Die Bibliothek war weder quadratisch noch rechteckig, wie es die meisten Zimmer sind, sondern hatte die Form eines Ovals. Eine Wand dieses Ovals war Büchern vorbehalten – Reihen über Reihen von Büchern, und jedes einzelne behandelte Themen aus der Grammatik. Eine Enzyklopädie der Hauptwörter füllte eine Reihe von einfachen Holzregalen, die sich in die geschwungene Wand einpassten. Dicke Schwarten über die Geschichte der Tätigkeitswörter waren in blank polierten metallenen Regalen aufgereiht. Und in Glasschränkchen befanden sich Handbücher der Eigenschaftswörter, als ob sie in einem Geschäft zum Verkauf stünden, statt bei jemandem zu Hause zu liegen. In der Mitte des Raums standen einige bequem wirkende Stühle, jeder mit einem eigenen Fußbänkchen, so dass man beim Lesen die Beine ausstrecken konnte.

Die Aufmerksamkeit der Kinder wurde jedoch von der anderen, der gegenüberliegenden Seite des Ovals auf sich gezogen. Die ganze Wand war vom Boden bis zur Decke ein einziges Fenster, eine riesige gewölbte Glasscheibe, durch die man einen grandiosen Ausblick auf den Seufzersee hatte. Als die Kinder näher traten, um genauer hinzuschauen, hatten sie das Gefühl, hoch über dem finsteren See zu fliegen, statt nur auf ihn hinauszuschauen.

»Dies ist der einzige Ort, von dem ich den Anblick des Sees ertragen kann«, sagte Tante Josephine ruhig. »Aus großer Entfernung. Wenn ich näher an ihn herankomme, muss ich an mein letztes Picknick am Strand mit meinem geliebten Ike denken. Ich habe ihn gewarnt, dass er nach dem Essen eine Stunde warten muss, ehe er in den See springt, aber er hat nur fünfundvierzig Minuten gewartet. Er glaubte, das würde reichen.«

»Hat er Krämpfe bekommen?«, fragte Klaus. »Das soll ja passieren, wenn man nicht eine Stunde wartet, bevor man schwimmen geht.«

»Das ist der eine Grund«, sagte Tante Josephine, »aber im Seufzersee gibt es noch einen zweiten. Wenn man nach dem Essen nicht eine Stunde wartet, dann wittern die Seufzersee-Blutegel die Speise an dir und greifen an.«

»Blutegel?«, fragte Violet.

»Blutegel«, erklärte Klaus, »sind ein bisschen wie Würmer. Sie sind blind und leben im Wasser, und um sich zu ernähren, klammern sie sich an dich und saugen dein Blut aus.«

Violet schauderte. »Wie entsetzlich.«

»Swou!«, kreischte Sunny, was wohl so etwas bedeutete wie: »Warum um Gottes willen sollte man in einem See schwimmen gehen, der voller Blutegel ist?«

»Die Seufzerseesauger«, sagte Tante Josephine, »unterscheiden sich stark von gewöhnlichen Blutegeln. Jeder hat sechs Reihen sehr scharfer Zähne und eine sehr empfindliche Nase – sie können noch das kleinste bisschen Nahrung aus größter Entfernung wahrnehmen. Die Seufzerseesauger sind gewöhnlich ganz harmlos und ihre Beute sind nur kleine Fische. Aber wenn sie Nahrung an einem Menschen wittern, dann schwärmen sie um ihn herum und … und …« Tante Josephine brach in Tränen aus, holte ein blassrosa Taschentuch heraus und tupfte sie weg. »Ich bitte um Entschuldigung, Kinder. Es ist grammatikalisch nicht in Ordnung, einen Satz mit ›und‹ enden zu lassen, aber ich werde so vom Kummer überwältigt, wenn ich an Ike denke, dass ich von seinem Tod nicht sprechen kann.«

»Es tut uns Leid, dass wir das Thema zur Sprache gebracht haben«, sagte Klaus schnell. »Wir wollten dir keinen Kummer machen.«

»Das ist schon in Ordnung«, sagte Tante Josephine und schnäuzte sich. »Es ist nur so, dass ich mich an Ike lieber unter anderen Umständen erinnere. Er liebte die Sonne, und ich stelle mir gerne vor, dass dort, wo er jetzt ist, so viel wie möglich die Sonne scheint. Natürlich weiß niemand, was mit dir passiert, wenn du stirbst, aber ich finde es schön, mir meinen Mann irgendwo vorzustellen, wo es fürchterlich heiß ist, findet ihr nicht auch?«

»Ja«, sagte Violet, »das finde ich auch schön.« Sie schluckte. Sie wollte Tante Josephine noch etwas anderes sagen, aber wenn man jemanden erst ein paar Stunden kennt, weiß man nicht so genau, was er gerne hören würde. »Tante Josephine«, sagte sie vorsichtig, »hast du schon einmal daran gedacht, von hier wegzuziehen? Vielleicht würdest du dich besser fühlen, wenn du irgendwo weit fort vom Seufzersee lebtest.«

»Wir würden auch mit dir gehen«, meldete sich Klaus.

»Ach, ich könnte dieses Haus niemals verkaufen«, sagte Tante Josephine. »Ich habe schreckliche Angst vor Immobilienmaklern.«

Die drei Baudelaire-Kinder schauten sich diskret an, was hier bedeutet: als Tante Josephine es nicht sehen konnte. Keiner von ihnen hatte jemals von jemandem gehört, der Angst vor Immobilienmaklern hatte.

Es gibt zwei Arten von Angst, die rationale und die irrationale, oder einfacher gesagt: Ängste, die vernünftig sind, und Ängste, die es nicht sind. Beispielsweise haben die Baudelaire-Waisen Angst vor Graf Olaf, was sehr vernünftig ist, denn er ist ein böser Mensch, der sie vernichten will. Wenn sie aber Angst vor Zitronenbaiser hätten, wäre das eine irrationale Angst, denn Zitronenbaisers sind köstlich und haben noch keiner Menschenseele etwas zuleide getan. Wenn man Angst vor einem Ungeheuer unter dem Bett hat, dann ist das vollkommen vernünftig, denn es könnte tatsächlich jederzeit ein Ungeheuer unter deinem Bett sein und nur darauf warten, dich aufzufressen. Aber eine Angst vor Immobilienmaklern ist eine irrationale Angst. Immobilienmakler sind, wie du sicher weißt, Leute, die beim Kauf und Verkauf von Häusern behilflich sind. Abgesehen davon, dass manche eine scheußliche gelbe Jacke tragen, ist das Schlimmste, was sie dir antun können, dir ein Haus zu zeigen, das du hässlich findest; daher ist es völlig irrational, schreckliche Angst vor ihnen zu haben.

Während Violet, Klaus und Sunny auf den finsteren See hinabschauten und über ihr neues Leben bei Tante Josephine nachdachten, wurden sie selbst von Angst beschlichen, und sogar einem weltweit anerkannten Fachmann für Ängste würde es schwer fallen, zu entscheiden, ob dies eine rationale oder eine irrationale Angst war. Die Baudelaires hatten Angst, dass sie bald ein Unglück ereilen würde. Einerseits war dies eine irrationale Angst, denn Tante Josephine schien ein guter Mensch zu sein und Graf Olaf war nirgends in Sicht. Andererseits hatten die Baudelaires jedoch schon so viele schreckliche Dinge durchgemacht, dass es vernünftig schien, damit zu rechnen, dass eine weitere Katastrophe bereits hinter der nächsten Ecke lauerte.

Drittes Kapitel

Es gibt eine Einstellung zum Leben, die nennt man »die Dinge im richtigen Verhältnis sehen«. Das bedeutet einfach »dein Befinden zu verbessern, indem du die Dinge, die dir gerade passieren, mit anderen Dingen vergleichst, die zu einer anderen Zeit oder anderen Leuten passiert sind«. Wenn du zum Beispiel über einen widerlichen Pickel auf deiner Nasenspitze schockiert bist, könntest du versuchen, dein Befinden zu verbessern, indem du den Pickel im richtigen Verhältnis siehst. Du könntest deine Situation mit der eines Menschen vergleichen, der gerade von einem Bären gefressen wird. Und wenn du im Spiegel deinen widerlichen Pickel betrachtest, könntest du dir dann sagen: »Na ja, wenigstens werde ich nicht von einem Bären aufgefressen.«

Du wirst sofort erkennen, warum es selten klappt, wenn man versucht, die Dinge im richtigen Verhältnis zu sehen: Es fällt dir schwer, dich in jemanden hineinzuversetzen, der gerade von einem Bären gefressen wird, wenn du auf deinen eigenen widerlichen Pickel starrst.

So erging es auch den Baudelaire-Waisen an den folgenden Tagen. Morgens, wenn sich die Kinder mit Tante Josephine zu einem Frühstück aus Orangensaft und ungetoastetem Toastbrot trafen, dachte Violet bei sich: »Wenigstens sind wir nicht gezwungen, für Graf Olafs abscheuliche Theatertruppe zu kochen.« Am Nachmittag, wenn Tante Josephine sie in die Bibliothek mitnahm, um ihnen Grammatikunterricht zu geben, dachte Klaus bei sich: »Wenigstens wird Graf Olaf uns nicht im nächsten Augenblick nach Peru entführen.« Und abends, wenn sich die Kinder mit Tante Josephine zu einem Abendessen aus Orangensaft und ungetoastetem Toastbrot trafen, dachte Sunny bei sich: »Sax!«, was so viel bedeutete wie: »Wenigstens gibt es nirgendwo eine Spur von Graf Olaf.«

Aber wie sehr die drei Geschwister auch ihr Leben bei Tante Josephine mit den jammervollen Ereignissen verglichen, die ihnen früher zugestoßen waren, es half ihnen doch nicht darüber hinweg, dass sie mit ihren augenblicklichen Lebensumständen unzufrieden waren. In ihrer Freizeit nahm Violet die Zahnräder und Schalter der Modelleisenbahn auseinander, um etwas zu erfinden, womit man warmes Essen zubereiten konnte, ohne Tante Josephine in Angst und Schrecken zu versetzen; trotzdem wünschte sie, Tante Josephine würde einfach den

Herd anstellen. Klaus saß gewöhnlich auf einem der Stühle in der Bibliothek, mit den Füßen auf einem Fußbänkchen, und las bis zum Sonnenuntergang in Grammatikbüchern. Aber wenn er auf den finsteren See hinausblickte, dann überkam ihn der Wunsch, dass sie noch bei Onkel Monty und all seinen Reptilien lebten. Und Sunny gönnte sich eine Unterbrechung, um in den Kopf der Süßen Susi zu beißen, und wünschte dabei, dass ihre Eltern noch am Leben und sie und ihre Geschwister heil und gesund im Heim der Baudelaires wären.

Tante Josephine war nicht darauf erpicht, das Haus allzu oft zu verlassen, dafür gab es draußen viel zu viel, was ihr Angst machte. Aber eines Tages erzählten ihr die Kinder, was ihnen der Taxifahrer gesagt hatte, dass sich nämlich der Hurrikan Hermann näherte. So war sie damit einverstanden, die Kinder mit in die Stadt zu nehmen, um Lebensmittel einzukaufen. Tante Josephine hatte Angst davor, in einem Auto zu fahren, denn die Türen könnten sich verklemmen, so dass sie im Fahrzeug eingesperrt wäre. Daher gingen sie zu Fuß den weiten Weg den Hügel hinunter. Als die Baudelaires zum Markt kamen, taten ihnen bereits die Füße weh.

»Möchtest du uns wirklich nicht für dich kochen lassen?«, fragte Violet, als Tante Josephine in ein

Fass Limetten langte. »Als wir bei Graf Olaf waren, haben wir gelernt, Puttanesca-Sauce zu machen. Das war ganz einfach und vollkommen ungefährlich.«

Tante Josephine schüttelte den Kopf. »Als euerm Vormund gehört es zu meinen Obliegenheiten, für euch zu kochen, und ich möchte gerne dieses Rezept für kalten Limetteneintopf ausprobieren. Graf Olaf ist offenbar ein böser Mensch. Kaum auszudenken, dass er Kinder gezwungen hat, nahe an einem Herd zu stehen!«

»Er war sehr grausam zu uns«, bestätigte Klaus, ohne klarzustellen, dass kochen zu müssen noch ihr geringstes Problem gewesen war, während sie bei Graf Olaf lebten. »Manchmal habe ich noch Albträume und sehe das fürchterliche tätowierte Auge auf seinem Fußgelenk. Es hat mir immer Angst eingejagt.«

Tante Josephine runzelte die Stirn und fasste sich an ihren Haarknoten. »Ich fürchte, du hast gerade einen grammatikalischen Fehler gemacht, Klaus«, sagte sie streng. »Als du gesagt hast ›Es hat mir immer Angst eingejagt‹, hörte sich das so an, als ob du sagen wolltest, dass sein Fußgelenk dir immer Angst eingejagt hat; du hast aber das tätowierte Auge gemeint. Deshalb hättest du sagen müssen: ›Das tätowierte Auge hat mir immer Angst eingejagt.‹ Verstehst du?«

»Ja, ich verstehe«, seufzte Klaus. »Danke, Tante Josephine, dass du mich darauf aufmerksam gemacht hast.«

»Niku!«, kreischte Sunny, was wohl so etwas bedeutete wie: »Es war nicht sehr nett von dir, Klaus auf einen grammatikalischen Fehler aufmerksam zu machen, als er von etwas sprach, was ihn durcheinander brachte.«

»Nein, nein, Sunny«, sagte Tante Josephine streng und blickte hoch von ihrer Einkaufsliste. »Das Wort *Niku* gibt es nicht. Denk daran, was wir über den korrekten Gebrauch der Sprache gesagt haben. Nun, Violet, würdest du bitte ein paar Gurken besorgen. Ich denke, ich mache irgendwann nächste Woche noch einmal gekühlte Gurkensuppe.«

Violet stöhnte innerlich auf, womit hier gesagt werden soll: Sie sagte nichts, war aber enttäuscht von der Aussicht auf ein weiteres eiskaltes Abendessen, aber sie lächelte Tante Josephine zu und ging auf der Suche nach Gurken einen Gang auf dem Markt entlang. Sehnsüchtig betrachtete sie all die köstlichen Nahrungsmittel in den Auslagen, für die man den Herd anstellen musste, um sie zuzubereiten. Violet hoffte, dass sie eines Tages mit der Erfindung, an der sie mit Hilfe der Modelleisenbahn arbeitete, für Tante Josephine und ihre Geschwister eine schöne warme Mahlzeit kochen könnte. Ein paar Augenblicke lang war sie so in ihre Erfindergedankengänge vertieft, dass sie nicht darauf achtete, wohin sie ging, bis sie direkt gegen jemanden lief.

»Entschuldigen S…«, wollte Violet sagen, aber als sie hochblickte, konnte sie ihren Satz nicht beenden. Vor ihr stand ein großer, dünner Mann mit einer blauen Seemannsmütze auf dem Kopf und einer schwarzen Augenklappe über dem linken Auge. Erwartungsvoll grinste er zu ihr herab, als wäre sie ein prachtvoll eingewickeltes Geburtstagsgeschenk und er könnte es kaum erwarten, die Verpackung aufzureißen. Er hatte lange, knochige Finger und lehnte unbeholfen nach einer Seite, ein wenig wie Tante Josephines Haus, das über den Hügel ragte. Als Violet nach unten schaute, erkannte sie den Grund: Wo sein linkes Bein sein sollte, hatte er einen dicken Holzstumpf, und wie die meisten Menschen mit einem Holzbein stützte sich dieser Mann auf sein gesundes Bein und deshalb stand er schief. Aber obwohl Violet noch nie jemanden mit einem Holzbein gesehen hatte, war das nicht der Grund dafür, dass sie ihren Satz nicht zu Ende bringen konnte. Der Grund lag vielmehr in etwas, was sie tatsächlich früher schon gesehen hatte: das teuflische Funkeln in dem Auge des Mannes und darüber die eine lange Augenbraue.

Wenn jemand in einer Verkleidung auftritt und die Verkleidung nicht sehr gut ist, dann kann man sie als eine durchsichtige Verkleidung bezeichnen. Das bedeutet nicht, dass diese Person in eine Plastikfolie oder Glas oder sonst etwas Durchsichtiges gekleidet ist. Es bedeutet vielmehr, dass man die Verkleidung durchschauen kann, das heißt, die Verkleidung führt einen keinen Augenblick hinters Licht. Violet wurde nicht einmal für eine Sekunde hinters Licht geführt, als sie den Mann anstarrte, gegen den sie gelaufen war. Sie wusste sofort, dass es Graf Olaf war.

»Violet, was machst du in diesem Gang?«, fragte Tante Josephine und trat neben sie. »Hier gibt es nur Nahrungsmittel, die gekocht werden müssen, und du weißt ja ...« Als sie Graf Olaf erblickte, verstummte sie, und für eine Sekunde glaubte Violet, dass Tante Josephine ihn auch erkannt hätte. Aber dann lächelte Tante Josephine und Violets Hoffnungen zerstoben, was hier bedeutet: Sie wurden zunichte gemacht.

»Hallo«, sagte Graf Olaf und lächelte Tante Josephine an. »Ich war gerade dabei, mich zu entschuldigen, dass ich Ihre Schwester angerempelt habe.«

Tante Josephines Gesicht wurde rot und strahlte noch heller als ihr weißes Haar. »Oh nein«, sagte sie, während Klaus und Sunny herbeikamen, um zu sehen, worum sich die ganze Aufregung drehte. »Violet ist nicht meine Schwester. Ich bin ihr gesetzlicher Vormund.«

Graf Olaf fasste sich an die Stirn, als hätte Tante Josephine ihm gerade erzählt, dass sie die Zahnfee sei, die Kindern über Nacht ein Geldstück für einen ausgefallenen Zahn bringt. »Ich kann es kaum glauben«, sagte er. »Gnädige Frau, Sie sehen auch nicht im Entferntesten so alt aus, dass Sie der Vormund von jemandem sein könnten.«

Tante Josephine errötete wieder. »Ich habe mein ganzes Leben am See verbracht, und es haben mir schon mehrere Leute gesagt, dass mir das geholfen hat, ein jugendliches Aussehen zu bewahren.«

»Ich wäre überglücklich, wenn ich die Bekanntschaft einer Persönlichkeit von hier machen könnte«, sagte Graf Olaf und zog seine blaue Seemannsmütze; er benutzte dabei ein hochgestochenes Wort, das hier nichts weiter als »Person« bedeutet. »Ich bin neu in dieser Stadt und habe gerade ein Unternehmen gegründet, daher bin ich daran interessiert, Bekanntschaften zu machen. Erlauben Sie, dass ich mich vorstelle.«

»Klaus und ich stellen Euch gern vor«, sagte Violet und zeigte damit mehr Mut, als ich gehabt hätte, wenn ich bei einem erneuten Zusammentreffen mit Graf Olaf konfrontiert gewesen wäre. »Tante Josephine, dies ist Graf Olaf ...«

»Nein, nein, Violet«, unterbrach sie Tante Josephine. »Achte auf deine Grammatik. Du hättest sagen sollen ›wir *werden* Euch gerne vorstellen‹, denn du hast uns ja noch nicht vorgestellt.«

»Aber …«, fing Violet an.

»Nun, Veronika«, sagte Graf Olaf und sein einziges Auge funkelte bedrohlich, als er auf sie hinabblickte. »Dein Vormund hat Recht. Und bevor du noch einen anderen Fehler machst, erlaube, dass ich mich selber vorstelle. Mein Name ist Kapitän Talmi und ich habe hier ein neues Unternehmen. Draußen auf dem Damokleskai vermiete ich Segelboote. Ich bin glücklich, Ihre Bekanntschaft zu machen, Fräulein …?«

»Ich bin Josephine Anwhistle«, sagte Tante Josephine. »Und dies sind Violet, Klaus und die kleine Sunny Baudelaire.«

»Die kleine Sunny«, wiederholte Kapitän Talmi so, dass es eher danach klang, als wollte er sie verschlingen, statt sie zu begrüßen. »Es ist mir ein Vergnügen, euch alle kennen zu lernen. Vielleicht kann ich Sie eines Tages zu einer kleinen Bootsfahrt auf dem See einladen.«

»Ging!«, kreischte Sunny, was wahrscheinlich so etwas wie »lieber würde ich Dreck fressen« bedeutete.

»Mit Euch gehen wir nirgendwohin«, sagte Klaus.

Tante Josephine errötete wieder und sah die drei Kinder streng an. »Die Kinder achten wohl genauso wenig auf ihre guten Manieren wie auf ihre Grammatik«, sagte sie. »Bitte entschuldigt euch sofort bei Kapitän Talmi.«

»Er ist nicht Kapitän Talmi«, sagte Violet ungeduldig. »Er ist Graf Olaf.«

Tante Josephine schnappte nach Luft und blickte von den ängstlichen Gesichtern der Baudelaires auf das ruhige Gesicht von Kapitän Talmi. Er grinste, aber sein Grinsen war schon ein paar Grad abgekühlt, ein Ausdruck, der hier bedeutet: »Er war nicht mehr ganz so zuversichtlich, als er abwartete, ob Tante Josephine begriff, dass er in Wirklichkeit Graf Olaf in Verkleidung war.«

Tante Josephine musterte ihn von Kopf bis Fuß und runzelte die Stirn. »Mr. Poe hat mir gesagt, ich müsste vor Graf Olaf auf der Hut sein«, sagte sie schließlich, »aber er hat mir auch gesagt, dass ihr Kinder dazu neigt, ihn überall zu sehen.«

»Wir sehen ihn überall«, sagte Klaus resigniert, »weil er überall *ist.*«

»Wer ist denn dieser Graf Omar?«, fragte Kapitän Talmi.

»Graf *Olaf*«, sagte Tante Josephine, »ist ein fürchterlicher Mensch, der …«

»… unmittelbar vor uns steht«, beendete Violet den Satz. »Mir ist es egal, wie er sich nennt. Seine Augen funkeln wie die von Graf Olaf und genauso wie der hat er nur eine einzige Augenbraue …«

»Aber viele Leute haben diese Eigenheiten«, sagte Tante Josephine. »Ja, meine Schwiegermutter hatte nicht nur lediglich eine Augenbraue, sondern auch nur ein Ohr.«

»Die Tätowierung!«, sagte Klaus. »Schau nach der Tätowierung! Graf Olaf hat auf seinem linken Knöchel ein Auge tätowiert.«

Kapitän Talmi seufzte und hob mühsam sein Holzbein hoch, so dass jeder es genau betrachten konnte. Es war aus dunklem Holz, das auf Hochglanz poliert war, so dass es wie sein Auge funkelte, und war mit einem gebogenen Metallgelenk am linken Knie befestigt. »Aber ich besitze noch nicht einmal einen linken Knöchel«, jammerte er. »Die Seufzerseesauger haben ihn mir vollständig abgefressen.«

Tante Josephines Augen quollen über vor Tränen und sie legte Kapitän Talmi eine Hand auf die Schulter. »Ach, Sie Ärmster«, sagte sie, und die Kinder wussten sofort, dass ihr Schicksal besiegelt war. »Habt ihr gehört, was Kapitän Talmi gesagt hat?«, fragte sie sie.

Violet versuchte es noch einmal, obwohl sie wusste, dass das wahrscheinlich illusorisch war, was hier bedeutet: »Es war vollkommen aussichtslos, auf Erfolg zu hoffen«. – »Er ist nicht Kapitän Talmi«, sagte sie, »er ist …«

»Ihr glaubt doch nicht, dass er den Seufzerseesaugern erlauben würde, sein Bein abzufressen«, sagte Tante Josephine, »nur um euch einen Streich zu spielen? Erzählen Sie es uns, Kapitän Talmi. Erzählen Sie uns, wie es passiert ist.«

»Also, erst vor ein paar Wochen saß ich in meinem Boot«, sagte Kapitän Talmi. »Ich habe Pasta mit Puttanesca-Sauce gegessen und etwas davon auf mein Bein gekleckert. Bevor ich mich versah, haben die Blutegel angegriffen.«

»Das Gleiche ist meinem Mann passiert«, sagte Tante Josephine und biss sich auf die Lippen. Die Baudelaires, alle drei, ballten erbittert die Fäuste. Sie wussten, dass Kapitän Talmis Geschichte mit der Puttanesca-Sauce genauso ein Schwindel war wie sein Name, aber sie konnten es nicht beweisen.

»Hier«, sagte Kapitän Talmi, zog ein Kärtchen aus der Tasche und überreichte es Tante Josephine. »Nehmen Sie meine Geschäftskarte, und wenn Sie wieder in der Stadt sind, können wir uns vielleicht zusammen eine Tasse Tee gönnen.«

»Eine wunderbare Idee«, sagte Tante Josephine und las seine Karte. *»Kapitän Talmis Segelbootverleih. Es wird garantiert, das jedes Boot sein eigenes Segel hat.* Oh, Kapitän Talmi, Sie haben hier einen sehr schweren grammatikalischen Fehler begangen.«

»Was?«, sagte Kapitän Talmi und hob die einzige Augenbraue.

»Auf dieser Karte steht DAS mit einem S. DAS mit einem S bedeutet so viel wie ›dieses‹. Sie wollen aber doch nicht sagen ›Es wird garantiert, dieses jedes Boot sein eigenes Segel hat.‹ Sie meinen doch ›dass‹, das Bindewort am Anfang eines Dass-Satzes. Es ist ein zwar weit verbreiteter, gleichwohl ein schlimmer Fehler, Kapitän Talmi.«

Kapitän Talmis Gesicht verfinsterte sich, und für eine Minute sah es so aus, als ob er sein Holzbein wieder hochheben und Tante Josephine mit aller Kraft treten würde. Aber dann hellte sich sein Gesicht wieder auf und er grinste. »Vielen Dank, dass Sie mich darauf aufmerksam gemacht haben«, sagte er schließlich.

»Aber bitte sehr«, sagte Tante Josephine. »Kommt, Kinder, es ist Zeit, unsere Einkäufe zu erledigen. Ich hoffe, wir sehen uns bald wieder, Kapitän Talmi.«

Kapitän Talmi winkte lächelnd zum Abschied, aber die Baudelaires sahen, wie sich sein Lächeln in eine Grimasse verwandelte, sowie Tante Josephine ihm den Rücken zuwandte. Er hatte sie zum Narren gehalten und die Baudelaires konnten nichts dagegen tun. Sie brauchten den Rest des Nachmittags, um sich mit ihren Einkäufen den Hügel hinaufzuschleppen, aber das Gewicht von Gurken und Limetten war nichts im Vergleich zu dem, was die Herzen der Waisenkinder bedrückte. Auf dem ganzen Weg bergauf redete Tante Josephine von Kapitän Talmi, was für ein netter Mann er sei und wie sehr sie hoffte, sie würden ihn bald wieder treffen, während die Kinder doch wussten, dass er in Wirklichkeit Graf Olaf und ein schrecklicher Mensch war, und hofften, dass sie ihn in ihrem ganzen Leben nie wieder sehen müssten.

Es gibt eine Redensart, die, fürchte ich, auf diesen Teil der Geschichte gut passt. Die Redensart lautet: Auf etwas mit Haut und Haaren hereinfallen, und sie stammt aus der Welt der Fallensteller, die raffinierte Fallgruben anlegen, um Tiere wegen ihres Fells zu fangen. Wenn jemand mit Haut und Haaren auf etwas hereinfällt, dann bedeutet das, dass er einen Haufen Lügen glaubt und als Folge davon komplett verloren ist. Tante Josephine fiel mit Haut und Haaren auf Kapitän Talmis Lügen herein, aber verloren glaubten sich Violet, Klaus und Sunny. Während sie wortlos den Hügel hinaufgingen, schauten die Kinder auf den Seufzersee hinab und hatten das Gefühl, dass sich ein eiskaltes Geschick auf sie herabsenkte. Daher fühlten sich die drei Geschwister so fröstelig und verloren, als ob sie nicht einfach auf den schattigen See blickten, sondern mitten in das tiefe Wasser geworfen wären.

Viertes Kapitel

An diesem Abend saßen die Baudelaire-Kinder mit Tante Josephine bei Tisch und nahmen ihr Abendessen mit einem kalten Gefühl in der Magengrube ein. Zur Hälfte kam dieses Gefühl von dem eiskalten Limettengericht, das Tante Josephine zubereitet hatte. Aber zur anderen Hälfte, wenn nicht mehr, kam es von dem Bewusstsein, dass Graf Olaf wieder in ihr Leben getreten war.

»Dieser Kapitän Talmi ist wirklich ein charmanter Mann«, sagte Tante Josephine und steckte sich ein Stück Limettenschale in den Mund. »Er muss sehr einsam sein, nachdem er neu in der Stadt ist und ein Bein verloren hat. Vielleicht sollten wir ihn zum Essen einladen.«

»Wir versuchen es dir immer wieder zu erklären, Tante Josephine«, sagte Violet und verteilte den Eintopf auf ihrem Teller, damit es so aussah, als ob sie mehr gegessen hätte, als sie wirklich gegessen hatte. »Er ist nicht Kapitän Talmi. Er ist Graf Olaf in Verkleidung.«

»Ich habe jetzt wirklich genug von diesem Unsinn«,

sagte Tante Josephine. »Mr. Poe hat mir erklärt, dass Graf Olaf eine Tätowierung auf seinem linken Knöchel hat und eine einzige Braue über beiden Augen. Kapitän Talmi hat keinen linken Knöchel und er hat nur ein Auge. Ich kann nicht glauben, dass ihr es wagt, einem Mann nicht zu glauben, der sehbehindert ist.«

»Ich bin auch sehbehindert«, sagte Klaus und zeigte auf seine Brille, »und du glaubst mir nicht.«

»Ich bitte mir aus, nicht impertinent zu sein«, sagte Tante Josephine und gebrauchte eine Wendung, die hier bedeutet: »mich darauf hinzuweisen, dass ich im Unrecht bin, worüber ich mich ärgere.« – »Das ist höchst ärgerlich. Ihr müsst ein für alle Mal akzeptieren, dass Kapitän Talmi *nicht* Graf Olaf ist.« Sie griff in ihre Tasche und holte die Geschäftskarte hervor. »Schaut euch diese Karte an. Steht darauf etwa *Graf Olaf?* Nein. Auf ihr steht *Kapitän Talmi.* Die Karte enthält einen schlimmen grammatikalischen Fehler, aber trotzdem beweist sie, dass Kapitän Talmi derjenige ist, als der er sich ausgibt.«

Tante Josephine legte die Geschäftskarte auf den Esstisch und die Baudelaires betrachteten sie und seufzten. Geschäftskarten beweisen natürlich überhaupt nichts. Jedermann kann zu einer Druckerei gehen und sich Karten machen lassen, auf denen steht, was immer man will. Der König von Dänemark kann sich Geschäftskarten bestellen, auf denen steht, dass er Golfbälle verkauft. Dein Zahnarzt kann sich Karten herstellen lassen, auf denen steht, dass er deine Großmutter ist. Um aus dem Schloss eines meiner Feinde zu entkommen, habe ich mir einmal Karten drucken lassen, auf denen stand, dass ich ein Admiral der französischen Marine sei. Nur weil etwas gedruckt ist, auf einer Geschäftskarte, in einer Zeitung oder einem Buch, heißt das noch lange nicht, dass es stimmt. Den drei Geschwistern war diese Tatsache wohl bekannt, aber es fehlten ihnen die Worte, um Tante Josephine davon zu überzeugen. So schauten sie sie lediglich an, seufzten und taten wortlos so, als ob sie ihren Eintopf äßen.

Es war so still im Esszimmer, dass jeder zusammenzuckte – Violet, Klaus, Sunny und sogar Tante Josephine –, als das Telefon klingelte.

»Um Gottes willen!«, sagte Tante Josephine. »Was sollen wir nur tun?«

»Minka!«, kreischte Sunny, was wahrscheinlich bedeuten sollte: »Den Hörer abnehmen, natürlich!«

Tante Josephine stand vom Tisch auf, rührte sich aber nicht von der Stelle, selbst als das Telefon zum zweiten Mal läutete. »Es könnte wichtig sein«, sagte sie, »aber ich weiß nicht, ob es sich lohnt, dafür einen elektrischen Schlag zu riskieren.«

»Wenn es dich beruhigt«, sagte Violet und wischte sich den Mund mit der Serviette, »nehme ich das Gespräch an.« Sie stand auf, ging zum Telefon und nahm den Hörer ab, als es gerade zum dritten Mal klingelte.

»Hallo?«, fragte sie.

»Spreche ich mit Mrs. Anwhistle?«, fragte eine krächzende Stimme.

»Nein«, antwortete Violet. »Hier ist Violet Baudelaire. Was kann ich für Sie tun?«

»Hol die Alte ans Telefon, Waise«, sagte die Stimme, und Violet erstarrte, als sie erkannte, dass es Kapitän Talmi war. Verstohlen warf sie einen Blick auf Tante Josephine, die Violet ängstlich beobachtete.

»Es tut mir Leid«, sprach Violet in den Hörer. »Sie haben sich verwählt.«

»Treib mit mir keine Spielchen, du elendes Gör ...«, begann Kapitän Talmi, aber Violet hatte schon aufgelegt. Ihr Herz hämmerte, als sie sich zu Tante Josephine umwandte.

»Jemand wollte die Tanzschule Schwof«, sagte sie mit einer schnellen Lüge. »Ich habe ihm gesagt, dass er die falsche Nummer gewählt hat.«

»Was für ein mutiges Mädchen du bist«, murmelte Tante Josephine. »Den Hörer einfach so anzufassen.«

»In Wirklichkeit ist das ganz ungefährlich«, sagte Violet.

»Hast du noch niemals ein Telefongespräch entgegengenommen, Tante Josephine?«, fragte Klaus.

»Ike hat das fast immer getan«, sagte Tante Josephine, »und er benutzte aus Sicherheitsgründen einen besonderen Handschuh dabei. Aber nachdem ich nun gesehen habe, wie du es gemacht hast, könnte ich es ja auch versuchen, wenn wieder einmal jemand anruft.«

Das Telefon klingelte und erneut zuckte Tante Josephine zusammen. »Mein Gott, ich hätte nicht gedacht, dass es so schnell wieder läuten würde. Was für ein aufregender Abend!«

Violet starrte auf das Telefon. Sie wusste, dass es Kapitän Talmi war, der noch einmal anrief. »Möchtest du, dass ich wieder rangehe?«, fragte sie.

»Nein, nein«, sagte Tante Josephine und ging zu dem kleinen klingelnden Telefon, als wäre es ein riesiger bellender Hund. »Ich habe gesagt, ich würde es versuchen, und das werde ich auch.« Sie holte tief Luft, streckte ängstlich eine Hand aus und nahm den Hörer ab.

»Hallo?«, sagte sie. »Ja, die bin ich. Oh, hallo, Kapitän Talmi. Wie schön, Ihre Stimme zu hören.« Tante Josephine hörte ein Weilchen zu, dann wurde sie puterrot. »Nun, das ist sehr freundlich von Ihnen, Kapitän Talmi, aber … Was? Oh, in Ordnung. Das ist sehr freundlich von dir, *Julio*. Was? Was? Oh, was für eine entzückende Idee! Aber bleib bitte einen Moment am Apparat.«

Tante Josephine hielt eine Hand über die Muschel und wandte sich zu den Kindern. »Violet, Klaus, Sunny, bitte geht auf euer Zimmer«, sagte sie. »Kapitän Talmi … ich meine: Julio, er hat mir das Du angeboten … plant eine Überraschung für euch Kinder und er will mit mir darüber sprechen.«

»Wir wollen keine Überraschung«, sagte Klaus.

»Aber natürlich wollt ihr die«, sagte Tante Josephine. »Nun geht schon, damit ich darüber reden kann, ohne dass ihr horcht.«

»Wir horchen nicht«, sagte Violet, »aber ich glaube, es wäre besser, wenn wir hier blieben.«

»Vielleicht ist dir die Bedeutung von ›horchen‹ nicht ganz klar«, sagte Tante Josephine. »Es bedeutet ›zuhören‹. Wenn ihr hier bleibt, werdet ihr zuhören. Bitte geht auf euer Zimmer.«

»Wir wissen, was ›horchen‹ bedeutet«, sagte Klaus, aber er folgte seinen Schwestern durch die Diele zu ihrem Zimmer. Dort blickten sie sich in stiller Verzweiflung an. Violet räumte die Teile des Bremswagens, den sie an diesem Abend untersuchen wollte, beiseite, um Platz auf ihrem Bett zu machen, so dass alle drei nebeneinander liegen und an die Decke starren konnten.

»Ich hatte gedacht, dass wir hier sicher wären«, sagte Violet finster. »Ich dachte, dass jeder, der vor Immobilienmaklern Angst hat, sich niemals mit Graf Olaf anfreunden würde, egal in welcher Verkleidung er daherkäme.«

»Glaubst du, dass er wirklich sein Bein von Blutegeln hat abfressen lassen«, fragte sich Klaus schaudernd, »nur um seine Tätowierung zu verbergen?«

»Tschoin!«, kreischte Sunny, was wahrscheinlich bedeutete: »Das scheint etwas übertrieben, sogar für Graf Olaf.«

»Ich bin der gleichen Meinung wie Sunny«, sagte Violet. »Ich denke, er hat die Geschichte mit den Blutegeln nur erzählt, um Tante Josephines Mitleid zu erregen.«

»Und das hat auch tatsächlich geklappt«, seufzte Klaus. »Nach dieser rührseligen Geschichte ist sie mit Haut und Haaren auf seine Verkleidung hereingefallen.«

»Wenigstens ist sie nicht so vertrauensselig wie Onkel Monty«, erklärte Violet. »Er hat doch Graf Olaf direkt ins Haus gelassen.«

»Wenigstens konnten wir ihn dann im Auge behalten«, erwiderte Klaus.

»Ober!«, bemerkte Sunny, was so etwas bedeutete wie: »Trotzdem konnten wir Onkel Monty nicht retten.«

»Was, meinst du, hat er diesmal vor?«, fragte Violet.

»Vielleicht will er uns in einem seiner Boote auf den See hinaus mitnehmen und uns dort ertränken.«

»Vielleicht will er dieses ganze Haus den Berg hinunterstürzen«, sagte Klaus, »und dann den Hurrikan Hermann dafür verantwortlich machen.«

»Haftu!«, sagte Sunny finster, was wahrscheinlich so etwas wie »Vielleicht will er uns Seufzerseesauger ins Bett tun« bedeutete.

»Vielleicht, vielleicht, vielleicht«, sagte Violet. »Diese ganzen Vielleichts bringen uns nicht weiter.«

»Wir könnten Mr. Poe anrufen und ihm sagen, dass Graf Olaf hier ist«, sagte Klaus. »Vielleicht könnte er kommen und uns holen.«

»Das ist das größte Vielleicht von allen«, sagte Violet. »Es ist schon immer unmöglich gewesen, Mr. Poe von irgendetwas zu überzeugen, und Tante Josephine glaubt uns schon nicht, obwohl sie Graf Olaf mit eigenen Augen gesehen hat.«

»Sie denkt nicht einmal, dass sie Graf Olaf gesehen hat«, bestätigte Klaus traurig. »Sie denkt, sie hat *Kapitän Talmi* gesehen.«

Sunny knabberte halbherzig am Kopf der Süßen Susi und murmelte »Potsch!«, was wahrscheinlich bedeutete: »Du meinst wohl *Julio.*«

»Dann sehe ich momentan nicht, was wir tun können«, sagte Klaus, »außer unsere Augen und Ohren offen halten.«

»Doma«, stimmte Sunny zu.

»Ihr habt beide Recht«, sagte Violet. »Wir müssen einfach auf der Hut sein.«

Die Baudelaire-Waisen nickten ernsthaft, aber das kalte Gefühl in der Magengrube war immer noch da. Sie fürchteten alle drei, dass auf der Hut zu sein eigentlich kein großartiger Plan war, um sich gegen Kapitän Talmi zu verteidigen, und je später es wurde, desto mehr beunruhigte sie das. Violet band ihr Haar zusammen, damit es ihr nicht in die Augen fiel. Es sah aus, als wäre sie mit einer Erfindung beschäftigt, aber obwohl sie stundenlang intensiv nachdachte, war sie nicht in der Lage, einen anderen Plan zu erfinden. Klaus starrte mit höchster Konzentration an die Decke, als wäre da etwas Interessantes geschrieben, aber nichts Hilfreiches fiel ihm ein, während es immer später wurde. Und Sunny kaute auf dem Kopf der Süßen Susi herum, aber wie lange sie auch zubiss, es fiel ihr nichts ein, was die Ängste der Baudelaires beschwichtigen konnte.

Ich habe eine Freundin, die Gina-Sue heißt. Sie ist eine Sozialistin und hat ein Lieblingssprichwort: »Man braucht den Stall nicht zu schließen, nachdem die Pferde abgehauen sind.« Es bedeutet einfach, dass einem manchmal der beste Plan erst einfällt, wenn es zu spät ist. Das trifft leider, leider auch auf die Baudelaire-Waisen zu und ihren Plan, vor

Kapitän Talmi auf der Hut zu sein. Denn nach stundenlangem Grübeln hörten sie plötzlich ein ohrenbetäubendes Geräusch von splitterndem Glas, und sie wussten sofort, dass auf der Hut zu sein kein ausreichender Plan gewesen war.

»Was war das für ein Krach?«, fragte Violet und stand vom Bett auf.

»Es klang wie zerbrechendes Glas«, sagte Klaus besorgt und ging zur Schlafzimmertür.

»Vestu!«, kreischte Sunny, aber ihre Geschwister hatten keine Zeit zu überlegen, was sie damit meinte, während sie zusammen den Korridor entlangliefen.

»Tante Josephine! Tante Josephine!«, rief Violet, aber es kam keine Antwort. Sie schaute in beide Richtungen der Diele, aber alles blieb ruhig. »Tante Josephine!«, rief sie noch einmal. Violet rannte als Erste von den dreien ins Esszimmer, aber dort war ihr Vormund auch nicht. Die Kerzen auf dem Tisch brannten noch und warfen ein flackerndes Licht auf die Geschäftskarte und die Schüsseln mit kaltem Limetteneintopf.

»Tante Josephine!«, rief Violet noch einmal. Die Kinder rannten wieder in die Diele und auf die Tür zur Bibliothek zu. Violet musste dabei daran denken, wie sie und ihre Geschwister eines Morgens Onkel Montys Namen gerufen hatten, unmittelbar bevor sie entdeckten, welche Tragödie ihm zugestoßen war. »Tante Josephine!«, rief sie, »Tante Josephine!« Sie musste an all die Gelegenheiten denken, als sie mitten in der Nacht aufgewacht war und die Namen ihrer Eltern gerufen hatte, wenn sie wie so oft von dem schrecklichen Feuer geträumt hatte, das sie das Leben gekostet hatte. »Tante Josephine!«, sagte Violet, als sie die Tür zur Bibliothek erreicht hatte. Sie fürchtete, dass sie den Namen ihrer Tante rief und diese ihn vielleicht nicht mehr hören konnte.

»Schau«, sagte Klaus und zeigte auf die Tür. Ein Stück Papier, einmal zusammengekniffen, war mit einer Reißzwecke an das Holz geheftet. Klaus machte das Papier los und faltete es auseinander.

»Was ist das?«, fragte Violet, und Sunny reckte ihren kleinen Hals, um zu sehen, was es war.

»Es ist eine Nachricht«, sagte Klaus und las sie laut vor:

Violet, Klaus und Sunny,

wenn ihr diese Botschaft lest, weile ich nicht mehr unter den Lebenden. Ihr erfahrt so, das ich für immer von euch gegangen bin.

Ich bin sehr traurich, eisiger Schmerz quält mich, es ist unerträglich groß geworden.

Ich weiß, dass ihr Kinder keine Ahnung davon habt, wie jämmervoll das Dasein einer Witwe ist und was der Gründ

für diese Verzweiflungstat war. Aber glaubt mir bitte: Ich bin so viel glücklicher dran.
Als meinen letzten Willen übergeb ich euch drei der Obhut von Kapitän Talmi. Er ist ein liebevoller, gütijer und ehrenhafter Mann.
Urteilt bitte nicht zu haht über mich. Vielleicht komme ich jetzt an einen wärmeren Ort; wie mein armer Ike liebe auch ich die Sinne über alles. Ich bitte euch inständig: Behalte mich in liebevoller Erinnerung, wenn ich tod bin, obwohl ich so etwas Schröckliches getan habe.

Eure Tante Josephine

»Oh nein«, sagte Klaus leise, als er zu Ende gelesen hatte. Er drehte das Papier mehrmals um, als ob er es nicht richtig gelesen hätte, als ob es noch etwas anderes mitteilen sollte. »Oh nein«, sagte er wieder einmal, so leise, als ob er sich nicht einmal bewusst wäre, dass er sprach.
Ohne ein Wort zu sagen, öffnete Violet die Tür zur Bibliothek. Die Baudelaires traten ein und schauderten. Der Raum war eiskalt, und mit einem Blick sahen die Waisen, warum. Das Riesenfenster war kaputt. Von ein paar Scherben abgesehen, die noch im Rahmen steckten, war die gewaltige Glasscheibe verschwunden und hatte ein Loch hinterlassen, das in die schweigende Schwärze der Nacht hinausblickte.

Durch die Öffnung strömte kalte Nachtluft herein, so dass die Bücherregale klapperten und die Kinder aneinander gelehnt zitterten, aber trotz der Kälte gingen die Waisen vorsichtig zu dem Loch, wo vorher die Scheibe gewesen war, und schauten hinab. Die Nacht war so dunkel, dass jenseits des Fensterrahmens überhaupt nichts zu sein schien. Violet, Klaus und Sunny standen einen Augenblick lang da und dachten an die Angst, die sie empfunden hatten, als sie erst vor ein paar Tagen an genau der gleichen Stelle gestanden hatten. Jetzt wussten sie, dass ihre Angst rational gewesen war. Aneinander geschmiegt blickten sie in die Finsternis und wussten, dass sie ihren Plan, auf der Hut zu sein, zu spät gefasst hatten. Sie hatten das Tor zum Stall verschlossen, aber die arme Tante Josephine war bereits verschwunden.

Fünftes Kapitel

Violet, Klaus und Sunny,

wenn ihr diese Botschaft lest, weile ich nicht mehr unter den Lebenden. Ihr erfahrt so, das ich für immer von euch gegangen bin.
Ich bin sehr traurich, eisiger Schmerz quält mich, es ist unerträglich groß geworden.
Ich weiß, dass ihr Kinder keine Ahnung davon habt, wie jämmervoll das Dasein einer Witwe ist und was der Gründ für diese Verzweiflungstat war. Aber glaubt mir bitte: Ich bin so viel glücklicher dran.
Als meinen letzten Willen übergeb ich euch drei der Obhut von Kapitän Talmi. Er ist ein liebevoller, gütijer und ehrenhafter Mann.
Urteilt bitte nicht zu haht über mich. Vielleicht komme ich jetzt an einen wärmeren Ort; wie mein armer Ike liebe auch ich die Sinne über alles. Ich bitte euch inständig: Behalte mich in liebevoller Erinnerung, wenn ich tod bin, obwohl ich so etwas Schröckliches getan habe.

Eure Tante Josephine

»Hör auf!«, rief Violet. »Hör auf, uns das vorzulesen, Klaus! Wir wissen, was drinsteht.«

»Ich kann es einfach nicht glauben«, sagte Klaus und drehte das Papier zum elfundneunzigsten Mal um. Die Baudelaire-Waisen saßen trübsinnig um den Esszimmertisch herum, mit kaltem Limetteneintopf in den Tellern und Entsetzen im Herzen. Violet hatte Mr. Poe angerufen und ihm erzählt, was passiert war. Die Baudelaires hatten vor Angst nicht schlafen können und waren die ganze Nacht aufgeblieben, um darauf zu warten, dass Mr. Poe mit der ersten Freudlosen Fähre eintraf. Die Kerzen waren fast vollständig heruntergebrannt, und Klaus musste sich weit nach vorn beugen, um Tante Josephines Nachricht lesen zu können. »Irgendetwas ist komisch an diesem Brief, aber ich weiß nicht, was.«

»Wie kannst du nur so etwas sagen?«, entgegnete Violet. »Tante Josephine hat sich aus dem Fenster gestürzt. Daran ist überhaupt nichts Komisches.«

»Nicht komisch wie etwa bei einem komischen Witz«, sagte Klaus, »sondern komisch wie bei einem komischen Geruch. Ja, schon im allerersten Satz sagt sie: *Ihr erfahrt so, das ich für immer von euch gegangen bin.*«

»Und das ist sie ja auch«, sagte Violet schaudernd.

»Das ist es nicht, was ich meine«, sagte Klaus ungeduldig. »Sie benutzt in diesem Satz DAS, was so viel bedeutet wie ›dieses‹. Man würde aber nicht sagen ›Ihr erfahrt so, dieses ich für immer von euch gegangen bin.‹ Was sie meint, ist DASS, das Bindewort.« Er griff nach Kapitän Talmis Geschäftskarte, die noch immer auf dem Tisch lag. »Erinnert ihr euch, wie sie diese Karte gesehen hat? ›Es wird garantiert, das jedes Boot sein eigenes Segel hat.‹ Sie hat gesagt, dass das ein schlimmer grammatikalischer Fehler sei.«

»Wen kümmern schon grammatikalische Fehler«, fragte Violet, »wenn Tante Josephine sich aus dem Fenster gestürzt hat?«

»Aber Tante Josephine hätte es gekümmert«, erklärte Klaus. »Das hat ihr am meisten am Herzen gelegen, die Grammatik. Erinnert euch, sie hat gesagt, die sei für sie das größte Vergnügen im Leben.«

»Tja, das hat eben nicht ausgereicht«, sagte Violet traurig und blickte über die Schulter ihres Bruders auf die Nachricht. »Wie sehr sie auch die Grammatik geliebt hat, sie spricht von eisigem Schmerz und dass er unerträglich groß geworden sei.«

»Aber da ist ein weiterer Fehler in ihrem Brief«, sagte Klaus. »Es heißt nicht, ER, nämlich der Schmerz, sei unerträglich groß geworden, sondern es heißt, ES sei unerträglich groß geworden, und das ergibt keinen Sinn.«

»*Du* bist unerträglich, nicht er oder es«, rief Violet.

»Und *du* bist unerträglich blöd«, schnauzte Klaus seine ältere Schwester an.
»Aget!«, kreischte Sunny, was so viel wie »Hört bitte auf, euch zu streiten« bedeutete.
Violet und Klaus blickten erst auf ihre kleine Schwester und schauten sich dann an. Wenn Menschen traurig sind, versuchen sie oft auch andere traurig zu machen. Das hilft aber nie.
»Es tut mir Leid, Klaus«, sagte Violet sanft. »Du bist nicht unerträglich. Unsere Lage ist unerträglich.«
»Ich weiß«, sagte Klaus bedrückt. »Es tut mir auch Leid. Du bist nicht blöd, Violet. Du bist sehr klug. Tatsächlich hoffe ich, dass du klug genug bist, uns aus dieser Lage zu befreien. Tante Josephine hat sich aus dem Fenster gestürzt und uns in der Obhut von Kapitän Talmi gelassen, und ich weiß nicht, was wir dagegen tun können.«
»Mr. Poe ist auf dem Wege hierher. Er hat am Telefon gesagt, dass er frühmorgens hier sein wird, also brauchen wir nicht mehr lange zu warten. Vielleicht kann er uns irgendwie helfen.«
»Bestimmt!«, sagte Klaus. Er und seine Schwestern schauten sich an und seufzten. Sie wussten, die Aussichten, dass Mr. Poe ihnen helfen würde, waren ziemlich gering. Während ihres Aufenthaltes bei Graf Olaf hatte Mr. Poe den Baudelaires nicht geholfen, als sie ihm von Graf Olafs Grausamkeiten

erzählten. Während ihres Aufenthaltes bei Onkel Monty hatte ihnen Mr. Poe nicht geholfen, als sie ihm von Graf Olafs Niedertracht berichteten. Es schien klar, dass Mr. Poe ihnen auch in dieser Situation in keiner Weise helfen würde.

Eine von den Kerzen verlosch mit einem Rauchwölkchen und die Kinder sanken tiefer auf ihren Stühlen zusammen. Du kennst wahrscheinlich eine Pflanze namens Venusfalle. Sie wächst in den Tropen und ihre Spitze ist wie ein offenes Maul geformt mit Spitzen an den Rändern wie Zähnen. Wenn eine Fliege vom Geruch der Blüte angelockt wird und auf der Venusfalle landet, schließt sich das Maul der Pflanze und die Fliege sitzt in der Falle. In panischer Angst schwirrt sie im geschlossenen Maul der Pflanze herum, aber sie kann nicht entkommen, und die Pflanze löst die Fliege ganz allmählich völlig auf. Als sich um sie herum die Dunkelheit auf das Haus herabsenkte, fühlten sich die Baudelaire-Kinder in der gleichen Lage wie diese Fliege. Es war, als ob sie durch das unselige Feuer, in dem ihre Eltern umgekommen waren, in eine Falle geraten waren, und sie hatten das noch nicht einmal bemerkt. Sie schwirrten von Ort zu Ort – Graf Olafs Haus in der Stadt, Onkel Montys Heim auf dem Lande und nun Tante Josephines Haus über dem See –, aber ihr eigenes Unglück schloss sich immer enger um sie, und die drei Geschwister hatten den Eindruck, sie würden sich bald in Nichts auflösen.

»Wir könnten den Brief zerreißen«, sagte Klaus schließlich. »Dann wüsste Mr. Poe nichts von Tante Josephines Willen und wir würden nicht bei Kapitän Talmi landen.«

»Aber ich habe Mr. Poe schon gesagt, dass Tante Josephine eine Nachricht hinterlassen hat«, sagte Violet.

»Wir könnten ein Falsifikat machen«, sagte Klaus und benutzte ein Wort, das hier bedeutet: »Etwas selber schreiben und vortäuschen, dass es jemand anderer geschrieben hat.« – »Wir würden alles schreiben, was Tante Josephine geschrieben hat, wir würden nur die Stelle über Kapitän Talmi auslassen.«

»Aha!«, kreischte Sunny. Dies war eines ihrer Lieblingswörter und im Unterschied zu den meisten anderen benötigte es keine Übersetzung. Sunny meinte genau »Aha!«, womit eine plötzliche Erkenntnis ausgedrückt wird.

»Natürlich!«, rief Violet. »Das ist es, was Kapitän Talmi getan hat! *Er* hat diesen Brief geschrieben, nicht Tante Josephine!«

Hinter Klausens Brillengläsern begannen seine Augen zu leuchten. »Das erklärt das falsche DAS.«

»Das erklärt auch die Verwechslung von ES und ER!«, sagte Violet.

»Liep!«, kreischte Sunny. Das bedeutete wahrscheinlich: »Kapitän Talmi hat Tante Josephine zum Fenster hinausgeworfen und dann diesen Brief geschrieben, um sein Verbrechen zu verbergen.«

»Wie entsetzlich!«, sagte Klaus, und ihn schauderte, als er sich vorstellte, wie Tante Josephine in den See stürzte, vor dem sie solche Angst gehabt hatte.

»Stellt euch nur die schrecklichen Dinge vor, die er uns antun wird«, sagte Violet, »wenn wir seine Untat nicht aufdecken. Ich kann es kaum erwarten, dass Mr. Poe kommt und wir ihm erzählen können, was passiert ist.«

Genau im richtigen Moment klingelte es jetzt an der Haustür, und die Baudelaires liefen hin, um zu öffnen. Violet ging ihren Geschwistern voran den Korridor entlang und blickte nachdenklich auf den Heizkörper; dabei musste sie daran denken, welche Angst Tante Josephine vor ihm gehabt hatte. Klaus kam gleich hinter ihr und berührte leise jeden gläsernen Türknauf und dachte an Tante Josephines Warnungen davor, dass sie zerspringen könnten. Und als sie zur Haustür kamen, betrachtete Sunny traurig die Fußmatte, von der Tante Josephine erwartet hatte, dass sich jemand durch sie den Hals brechen könnte. Tante Josephine war so vorsichtig gewesen, alles zu meiden, wovon sie befürchtete, dass es ihr schaden könnte, und trotzdem war sie zu Schaden gekommen.

Violet öffnete die Tür mit der abblätternden weißen Farbe. Da stand im dämmerigen Morgenlicht Mr. Poe. »Mr. Poe«, sagte Violet. Sie wollte ihm gleich von ihrer Fälschungstheorie erzählen, aber sobald sie ihn da stehen sah, ein weißes Taschentuch in der einen Hand und ein schwarzes Aktenköfferchen in der anderen, blieben ihr die Worte im Hals stecken. Tränen sind eine merkwürdige Sache, denn wie Erdbeben und Kasperletheater können sie jederzeit auftreten, ohne Vorwarnung und ohne guten Grund. »Mr. Poe«, sagte Violet noch einmal und ohne Vorwarnung brachen sie und ihre Geschwister in Tränen aus. Violet weinte und ihre Schultern wurden von Schluchzern geschüttelt, Klaus weinte, so dass ihm vor Tränen die Brille die Nase hinunterrutschte, und Sunny weinte und in ihrem geöffneten Mund waren ihre vier Zähne zu sehen. Mr. Poe stellte sein Aktenköfferchen ab und steckte sein Taschentuch weg. Er war nicht besonders geschickt darin, andere zu trösten, aber er legte seine Arme um die Kinder, so gut er konnte, und murmelte: »Na, na, na.« Das ist ein Ausdruck, den manche Leute murmeln, um andere zu trösten, obwohl er eigentlich gar nichts bedeutet.

Mr. Poe fiel nichts anderes ein, womit er die Baudelaire-Waisen hätte trösten können, ich aber wünschte, ich könnte mich zeitlich zurückversetzen, um zu

den drei schluchzenden Kindern zu sprechen. Könnte ich das, würde ich den Baudelaires sagen, dass genauso wie Erdbeben und Kasperletheater auch ihre Tränen nicht nur ohne Vorwarnung, sondern auch ohne Grund kamen. Die Kinder weinten natürlich, weil sie dachten, Tante Josephine wäre tot, und ich wünschte, ich könnte mich zeitlich zurückversetzen, um ihnen zu sagen, dass sie sich darin irrten. Aber natürlich kann ich das nicht. Ich befinde mich nicht an jenem trüben Morgen auf dem Hügel oberhalb des Seufzersees. Ich sitze vielmehr mitten in der Nacht in meinem Zimmer und schreibe diese Geschichte auf; dabei blicke ich aus dem Fenster auf den Friedhof hinter meinem Haus. Ich kann den Baudelaire-Waisenkindern nicht sagen, dass sie sich irrten, aber ich kann dir sagen, dass Tante Josephine, während die Kinder in Mr. Poes Armen weinten, nicht tot war.
Noch nicht.

Sechstes Kapitel

Mr. Poe runzelte die Stirn, setzte sich an den Tisch und holte sein Taschentuch heraus. »Fälschung?«, wiederholte er. Die Baudelaire-Waisen hatten ihm das zersplitterte Fenster in der Bibliothek gezeigt. Sie hatten ihm auch die Nachricht gezeigt, die an die Tür geheftet gewesen war. Und sie hatten ihm die Geschäftskarte mit dem grammatikalischen Fehler gezeigt. »Fälschung ist ein sehr ernster Vorwurf«, sagte er streng und schnäuzte sich.

»Nicht so ernst wie Mord«, erklärte Klaus. »Und den hat Kapitän Talmi begangen. Er hat Tante Josephine ermordet und einen Abschiedsbrief gefälscht.«

»Aber warum sollte sich dieser Mensch, dieser Kapitän Talmi«, fragte Mr. Poe, »solche Mühe machen, nur um euch in seine Obhut zu bekommen.«

»Wir haben es Ihnen schon erklärt«, sagte Violet und versuchte ihre Ungeduld zu verbergen. »Kapitän Talmi ist in Wirklichkeit Graf Olaf in Verkleidung.«

»Das sind sehr ernste Vorwürfe«, sagte Mr. Poe

streng. »Ich sehe ein, dass ihr drei einige schreckliche Erlebnisse hinter euch habt, und ich hoffe, dass eure Phantasie nicht mit euch durchgeht. Erinnert ihr euch, wie ihr bei Onkel Monty gelebt habt? Ihr wart überzeugt davon, dass sein Assistent Stefano in Wirklichkeit der verkleidete Graf Olaf war.«

»Aber Stefano *war* der verkleidete Graf Olaf«, rief Klaus.

»Darum geht es nicht«, sagte Mr. Poe. »Es geht darum, dass ihr nicht voreilige Schlüsse ziehen dürft. Wenn ihr wirklich denkt, dieser Brief ist eine Fälschung, dann müssen wir aufhören von Verkleidungen zu reden und stattdessen Untersuchungen anstellen. Ich bin sicher, irgendwo in diesem Haus können wir etwas finden, was Tante Josephine geschrieben hat. Wir können dann die Handschrift mit der dieser Nachricht vergleichen und sehen, ob beides übereinstimmt.«

Die Baudelaire-Waisen sahen sich an. »Natürlich«, sagte Klaus. »Wenn die Schrift auf dem Brief, den wir an der Tür zur Bibliothek gefunden haben, nicht mit Tante Josephines Handschrift übereinstimmt, dann hat ihn offensichtlich jemand anderer geschrieben. Daran haben wir nicht gedacht.«

Mr. Poe lächelte. »Seht ihr? Ihr seid sehr kluge Kinder, aber selbst die klügsten Menschen auf der Welt sind manchmal auf die Hilfe eines Bankfachmannes angewiesen. Also, wo können wir eine Probe von Tante Josephines Handschrift finden?«

»In der Küche«, sagte Violet sofort. »Sie hat ihre Einkaufsliste in der Küche gelassen, als wir vom Markt zurückgekommen sind.«

»Tschuni!«, kreischte Sunny, was vermutlich bedeutete: »Wir gehen jetzt in die Küche und holen den Zettel«, und genau das taten sie dann auch. Tante Josephines Küche war sehr klein. Der Herd und der Backofen waren mit einem weißen Tuch abgedeckt – aus Sicherheitsgründen, hatte Tante Josephine erklärt. Es gab da eine Arbeitsfläche, auf der sie das Essen zubereitete, einen Kühlschrank, in dem sie die Nahrungsmittel aufbewahrte, und eine Spüle, in der sie von dem Geschirr das ganze Essen abwusch, das keiner gegessen hatte. Seitlich auf der Arbeitsfläche lag ein kleiner Zettel, auf dem Tante Josephine ihre Einkaufsliste gemacht hatte. Violet durchquerte die Küche, um ihn zu holen. Mr. Poe knipste das Licht an und Violet hielt die Einkaufsliste und die Nachricht aneinander, um zu sehen, ob die Handschrift übereinstimmte.

Es gibt Menschen, die Experten auf dem Gebiet der Schriftanalyse sind. Man nennt sie Graphologen, und sie sind auf Graphologenschulen gegangen, um ihr Diplom in Graphologie zu erhalten. Du glaubst vielleicht, dass in dieser Situation ein Graphologe nötig gewesen wäre, aber es gibt Gelegenheiten, bei denen das Urteil eines Fachmannes nicht erforderlich ist. Wenn dir zum Beispiel eine deiner Freundinnen ihr Schoßhündchen brächte und dir erzählte, dass sie sich Sorgen macht, weil es keine Eier legt, dann müsstest du kein Tierarzt sein, um ihr zu sagen, dass Hunde keine Eier legen und sie sich deshalb keine Sorgen zu machen braucht.

Ja, es gibt Fragen, die sind so einfach zu beantworten, dass das jeder kann, und Mr. Poe und die Baudelaire-Waisen wussten sofort die Antwort auf die Frage: Stimmt die Handschrift auf der Einkaufsliste mit der auf der Nachricht überein? Die Antwort war: Ja. Wo Tante Josephine »Salz« auf die Einkaufsliste geschrieben hatte, endete das S oben und unten in kleinen Spiralen – die gleichen, die sich auch in der Nachricht bei dem S in »Sunny« fanden. Als sie »große Gurken« auf die Liste geschrieben hatte, waren die Unterlängen der Gs etwas zitterig, wie kleine Würmchen – die gleichen Würmchen fanden sich in den Wörtern »groß« und »Gründ« im Abschiedsbrief. Als Tante Josephine auf der Einkaufsliste »Limetten« geschrieben hatte, zeigte das i statt eines Punktes ein kleines Oval – genauso wie in »Violet«, »ich« und »immer«. Es gab keinen Zweifel: Tante Josephine hatte beide Papiere geschrieben, die Mr. Poe und die Baudelaires untersuchten.

»Ich denke, es gibt keinen Zweifel: Tante Josephine hat diese beiden Papiere geschrieben«, sagte Mr. Poe.

»Aber …«, fing Violet an.

»Da gibt es kein Aber«, sagte Mr. Poe. »Schaut euch die S mit den Spiralen an. Schaut euch die zittrigen Gs an. Schaut euch die ovalen i-Punkte an. Ich bin kein Graphologe, aber ich kann mit Sicherheit erkennen, dass diese beiden Papiere von derselben Person geschrieben worden sind.«

»Sie haben Recht«, sagte Klaus bedrückt. »Ich weiß, dass Kapitän Talmi irgendwie hinter all dem steckt, aber diesen Brief hat definitiv Tante Josephine geschrieben.«

»Und dann«, sagte Mr. Poe, »ist er auch ein gesetzlich bindendes Dokument.«

»Bedeutet das, dass wir bei Kapitän Talmi leben müssen?«, fragte Violet und das Herz wurde ihr schwer.

»Ich fürchte, ja«, antwortete Mr. Poe. »Der letzte Wille im Testament einer Person ist ein offizieller Ausdruck der Wünsche eines Verstorbenen. Ihr seid Tante Josephine anvertraut worden, also hatte sie das Recht, für euch einen anderen Vormund zu bestimmen, bevor sie aus dem Fenster gesprungen ist. Das ist sicherlich ein großer Schock, aber es ist völlig legal.«

»Wir werden nicht mit ihm gehen«, sagte Klaus bestimmt. »Er ist der schlimmste Mensch auf der ganzen Welt.«

»Er wird etwas Schreckliches tun, ich weiß es«, sagte Violet. »Das Einzige, worauf er scharf ist, ist das Baudelaire-Vermögen.«

»Dschind!«, kreischte Sunny, was bedeutete: »Zwing uns bitte nicht, bei diesem Bösewicht zu leben.«

»Ich weiß, dass ihr diesen Kerl, den Kapitän Talmi, nicht mögt«, sagte Mr. Poe, »aber ich kann daran nichts ändern. Ich fürchte, das Gesetz schreibt vor, dass ihr genau dahin gehen werdet.«

»Wir laufen weg«, sagte Klaus.

»Das werdet ihr nicht tun«, sagte Mr. Poe streng. »Eure Eltern haben mir den Auftrag gegeben, mich darum zu kümmern, dass ordentlich für euch gesorgt wird. Ihr wollt doch die Wünsche eurer Eltern respektieren, oder?«

»Ja, sicher«, sagte Violet, »aber ...«

»Dann stellt euch bitte nicht so an«, sagte Mr. Poe. »Denkt daran, was eure armen Eltern sagen würden, wenn sie wüssten, dass ihr damit droht, vor eurem Vormund wegzulaufen.«

Die Baudelaire-Eltern wären natürlich entsetzt, wenn sie erführen, dass sich ihre Kinder in der Obhut von Kapitän Talmi befinden sollten, aber bevor die Kinder dies Mr. Poe sagen konnten, hatte er schon das Thema gewechselt. »Ich denke, das Einfachste wäre, wenn ich mich mit Kapitän Talmi treffe und ein paar Einzelheiten mit ihm bespreche. Wo ist seine Geschäftskarte? Ich rufe ihn gleich an.«

»Auf dem Esszimmertisch«, sagte Klaus finster, und Mr. Poe verließ die Küche, um den Anruf zu tätigen. Die Baudelaires betrachteten die Einkaufsliste und den Abschiedsbrief.

»Ich kann's einfach nicht glauben«, sagte Violet. »Ich war mir so sicher, dass wir mit der Fälschungstheorie auf der richtigen Spur waren.«

»Ich auch«, sagte Klaus. »Kapitän Talmi hat hier im Haus irgendetwas angerichtet – ich weiß das ganz genau –, aber er ist noch hinterlistiger gewesen als sonst.«

»Dann müssen wir eben schlauer sein als sonst«, erwiderte Violet, »denn wir müssen Mr. Poe überzeugen, bevor es zu spät ist.«

»Mr. Poe hat gesagt, dass er ein paar Einzelheiten mit ihm durchgehen muss«, sagte Klaus, »vielleicht dauert das etwas länger.«

»Ich habe Kapitän Talmi erreicht«, sagte Mr. Poe, als er zurück in die Küche kam. »Er war erschüttert, von Tante Josephines Tod zu hören, aber entzückt von der Aussicht, euch Kinder großzuziehen. Wir treffen uns mit ihm in einer halben Stunde zum Mittagessen in einem Restaurant in der Stadt und nach dem Essen gehen wir die Einzelheiten eurer

Adoption durch. Heute Abend müsstet ihr schon bei ihm im Haus sein. Ich bin sicher, ihr seid erleichtert, dass dies alles so schnell geklärt werden kann.«

Violet und Sunny starrten Mr. Poe nur an, sie waren zu deprimiert, um zu sprechen. Auch Klaus schwieg, aber er starrte auf etwas anderes. Er starrte auf Tante Josephines Brief. Die Augen hinter den Brillengläsern waren ganz auf das Papier konzentriert und starrten und starrten ohne Zwinkern. Mr. Poe nahm sein weißes Taschentuch aus der Tasche und hustete ausgiebig und mit Gusto hinein, ein Wort, das hier bedeutet: »Auf eine Art, dass eine große Menge Schleim herauskam.« Keiner von den Baudelaires sagte ein Wort.

»So«, sagte Mr. Poe schließlich, »ich werde ein Taxi rufen. Es hat keinen Sinn, dass wir zu Fuß diesen riesigen Hügel hinablaufen. Ihr Kinder kämmt euch die Haare und zieht eure Mäntel an. Es ist sehr windig draußen und es wird kalt. Ich glaube, es zieht ein Sturm auf.«

Mr. Poe ging, um nach dem Taxi zu telefonieren, und die Baudelaires stiefelten auf ihr Zimmer. Aber statt ihre Haare zu kämmen, wandten sich Violet und Sunny sofort an Klaus. »Was?«, fragte ihn Violet.

»*Was* was?«, antwortete Klaus.

»Verschone mich mit was was«, entgegnete Violet. »Du hast etwas herausbekommen, das meine ich mit ›was‹. Ich weiß, dass du das hast. Du hast Tante Josephines Brief zum elfundneunzigsten Mal gelesen, aber du hattest einen Gesichtsausdruck, als ob du gerade etwas herausbekommen hättest. Also, was ist es?«

»Ich bin mir nicht sicher«, sagte Klaus und sah den Brief noch einmal durch. »Es könnte sein, dass ich einen Anfang damit gemacht habe, etwas herauszubekommen. Etwas, was uns helfen könnte. Aber ich brauche noch ein wenig Zeit.«

»Aber wir haben keine Zeit mehr!«, schrie Violet. »Wir werden *jetzt gleich* mit Kapitän Talmi zu Mittag essen.«

»Dann müssen wir uns irgendwie noch etwas Zeit verschaffen«, sagte Klaus entschlossen.

»Kommt, Kinder!«, rief Mr. Poe aus der Diele. »Das Taxi wird jede Minute hier sein! Nehmt eure Mäntel und lasst uns gehen!«

Violet seufzte, aber sie ging zum Schrank und holte die drei Baudelaire-Mäntel heraus. Sie gab Klaus seinen Mantel, zog Sunny den ihren an und knöpfte ihn zu, während sie zu ihrem Bruder sprach. »Wie können wir uns mehr Zeit verschaffen?«, fragte sie.

»Du bist die Erfinderin«, sagte Klaus und knöpfte den Mantel zu.

»Aber Sachen wie Zeit kann man nicht erfinden«, sagte Violet. »Man kann Dinge erfinden wie automatische Popcornmaschinen. Man kann Dinge erfinden wie dampfgetriebene Fensterwaschmaschinen. Aber man kann nicht mehr Zeit erfinden.« Violet war sich so sicher, dass sie nicht mehr Zeit erfinden konnte, dass sie sich nicht einmal die Mühe machte, ihr Haar mit einem Band zusammenzubinden, damit es ihr nicht in die Augen fiel. Sie sah nur Klaus voller Verzweiflung und Verwirrung an und zog ihren Mantel über. Aber als sie die Knöpfe zumachte, erkannte sie, dass sie nicht einmal ihr Haar mit einem Band zusammenzubinden brauchte, denn sie hatte die Lösung schon.

Siebtes Kapitel

»Hallo, ich bin Larry, Ihr Kellner«, sagte Larry, der Kellner der Baudelaire-Waisen. Er war ein kleiner, magerer Mann in einem albernen Clownskostüm mit einem Namensschild auf der Brust, auf dem LARRY zu lesen war. »Willkommen im Restaurant *Zum Bangen Clown* – wo sich alle amüsieren, ob sie wollen oder nicht. Ich sehe, wir haben hier eine ganze Familie zum gemeinsamen Mittagessen. Erlauben Sie mir also, dass ich Ihnen den Extra-Spaß-Spezial-Familien-Appetithappen empfehle. Das ist ein Haufen Zeug, zusammen gebraten und mit einer Sauce serviert.«

»Eine wunderbare Idee«, sagte Kapitän Talmi und grinste dabei so, dass man all seine gelben Zähne sehen konnte. »Einen Extra-Spaß-Spezial-Familien-Appetithappen für eine Extra-Spaß-Spezial-Familie – *meine* nämlich.«

»Nein, danke, ich möchte nur etwas Wasser«, sagte Violet.

»Ich genauso«, sagte Klaus. »Und ein Glas Eiswürfel für meine Schwester, bitte.«

»Ich nehme eine Tasse Kaffee mit fettfreier Milch«, sagte Mr. Poe.

»Ach nein, Mr. Poe«, sagte Kapitän Talmi. »Wir wollen zusammen eine schöne große Flasche Rotwein trinken.«

»Nein, danke, Kapitän«, sagte Mr. Poe. »Ich trinke nicht während der Öffnungszeiten der Banken.«

»Aber dies ist doch ein Festessen«, rief Kapitän Talmi. »Wir sollten auf meine drei neuen Kinder anstoßen. Man wird ja nicht alle Tage Vater.«

»Bitte, Herr Kapitän«, sagte Mr. Poe. »Es ist herzerfrischend, anzusehen, dass Sie froh darüber sind, die Baudelaires aufzuziehen, aber Sie müssen verstehen, dass die Kinder wegen ihrer Tante Josephine betrübt sind.«

Es gibt eine Eidechse, das Chamäleon, die kann, wie du wahrscheinlich weißt, im Handumdrehen ihre eigene Farbe an die ihrer Umgebung anpassen. Abgesehen davon, dass Kapitän Talmi auch schleimig und kaltblütig war, ähnelte er dem Chamäleon auch darin, dass er chamäleonesk war. Dieses Wort bedeutet »in der Lage, sich an jede Umgebung anzupassen«. Seit Mr. Poe und die Baudelaires im *Bangen Clown* angekommen waren, hatte Kapitän Talmi nicht seine Begeisterung darüber verbergen können, dass er die Kinder nun fast in seinen Klauen hatte. Aber nachdem nun Mr. Poe darauf hingewiesen hatte, dass die Situation eigentlich Traurigkeit verlangte, begann Kapitän Talmi sofort mit trauriger Stimme zu sprechen. »Ich bin ebenso betrübt«, sagte er und wischte unter seiner Augenklappe eine Träne weg. »Josephine war eine meiner ältesten und liebsten Freundinnen.«

»Sie haben sie«, sagte Klaus, »*gestern* auf dem Markt kennen gelernt.«

»Es sieht nur so aus, als wäre es gestern gewesen«, sagte Kapitän Talmi, »aber in Wirklichkeit liegt es Jahre zurück. Sie und ich, wir haben uns in der Kochschule kennen gelernt. Wir waren Backofenpartner in einem Backkurs für Fortgeschrittene.«

»Sie waren niemals Backofenpartner«, sagte Violet angewidert von Kapitän Talmis Lügen. »Tante Josephine hatte entsetzliche Angst davor, den Backofen anzustellen. Sie hätte nie eine Kochschule besucht.«

»Wir haben schnell Freundschaft geschlossen«, fuhr Kapitän Talmi fort, als hätte niemand ihn unterbrochen, »und eines Tages hat sie zu mir gesagt: ›Wenn ich jemals Waisenkinder adoptieren und dann vorzeitig sterben sollte, versprich mir, dass du sie dann für mich großziehst.‹ Ich habe ihr das versprochen, aber natürlich habe ich nie daran gedacht, dass ich mein Versprechen jemals einlösen müsste.«

»Das ist ja eine traurige Geschichte«, sagte Larry, und alle drehten sich um und sahen, dass der Kellner immer noch bei ihnen stand. »Ich hatte keine Ahnung, dass es sich um einen betrüblichen Anlass handelt. In dem Fall, erlauben Sie mir, dass ich Ihnen den Gute-Laune-Cheeseburger empfehle. Die Gürkchen, der Senf und der Ketchup bilden einen kleinen Smiley auf dem Burger, der Sie garantiert auch zum Lächeln bringt.«

»Das ist eine gute Idee«, sagte Kapitän Talmi. »Bringen Sie jedem von uns einen Gute-Laune-Cheeseburger, Larry.«

»Sind schon unterwegs«, versprach der Kellner und endlich war er weg.

»Ja, ja«, sagte Mr. Poe, »aber wenn wir mit unseren Cheeseburgern fertig sind, Kapitän Talmi, müssen Sie ein paar wichtige Papiere unterschreiben. Ich habe sie in meinem Aktenköfferchen und nach dem Essen gehen wir sie durch.«

»Und dann gehören die Kinder mir?«, fragte Kapitän Talmi.

»Nun, Sie sind dann für sie verantwortlich, ja«, sagte Mr. Poe. »Natürlich bleibt das Baudelaire-Vermögen unter meiner Kontrolle, bis Violet volljährig ist.«

»Welches Vermögen?«, fragte Kapitän Talmi und seine Augenbraue krümmte sich. »Ich weiß nichts von einem Vermögen.«

»Duna!«, kreischte Sunny, was so viel bedeutete wie: »Natürlich weißt du davon!«

»Die Baudelaire-Eltern«, erläuterte Mr. Poe, »haben ein gewaltiges Vermögen hinterlassen, und die Kinder erben es, wenn Violet volljährig wird.«

»Ich habe kein Interesse an einem Vermögen«, sagte Kapitän Talmi. »Ich habe meine Segelboote. Ich würde keinen Pfennig davon anrühren.«

»Das ist gut«, sagte Mr. Poe, »denn Sie *können* keinen Pfennig davon anrühren.«

»Das werden wir sehen«, sagte Kapitän Talmi.

»Was?«, fragte Mr. Poe.

»Hier kommen Ihre Gute-Laune-Cheeseburger!«, rief Larry, als er mit einem Tablett fettiger Speisen an ihrem Tisch auftauchte. »Lassen Sie sich's schmecken.«

Wie in den meisten Restaurants mit Neonlicht und Luftballons war das Essen im *Bangen Clown* fürchterlich. Aber die drei Waisenkinder hatten den ganzen Tag noch nichts gegessen und außerdem hatten sie schon lange nichts Warmes mehr im Bauch gehabt; ihr Appetit war daher beträchtlich, obwohl sie traurig und ängstlich waren. Nach ein paar Minuten des Schweigens fing Mr. Poe mit einem äußerst langweiligen Bericht über etwas an, was in der Bank passiert war. Mr. Poe war mit seiner Geschichte beschäftigt, Klaus und Sunny waren damit beschäftigt, so zu tun, als ob sie interessiert zuhörten, und Kapitän Talmi war damit beschäftigt, sein Essen hinunterzuschlingen, so dass keiner bemerkte, was Violet anstellte.

Als Violet ihren Mantel angezogen hatte, bevor sie in Wind und Kälte hinausgingen, hatte sie etwas in ihrer Tasche gefühlt. Es war die Tüte mit den Pfefferminzbonbons, die Mr. Poe den Baudelaires bei ihrer Ankunft am Seufzersee gegeben hatte. Dadurch war sie auf eine Idee gekommen. Während Mr. Poe unermüdlich weiterquasselte, holte sie nun ganz vorsichtig die Tüte aus ihrer Manteltasche und öffnete sie. Leider handelte es sich um die Art von Pfefferminzbonbons, von denen jedes einzelne in einem Stück Zellophanpapier steckt. Mit den Händen unter dem Tisch wickelte sie drei Bonbons aus, und zwar mit extremer – das Wort »extrem« bedeutet hier »größter« – Vorsicht, um nicht jenes Knistergeräusch zu machen, das beim Auswickeln von Bonbons entsteht und im Kino so störend ist. Endlich lagen auf der Serviette auf ihrem Schoß drei ausgewickelte Pfefferminzbonbons. Ohne die Aufmerksamkeit der anderen auf sich zu lenken, legte sie Klaus und Sunny je eins auf den Schoß. Als die jüngeren Geschwister merkten, dass etwas auf ihrem Schoß aufgetaucht war, hinabblickten und die Pfefferminzbonbons sahen, dachten sie zunächst, die Älteste der Baudelaire-Waisen wäre verrückt geworden. Aber nach einem Augenblick verstanden sie.

Wenn du gegen etwas allergisch bist, ist es am besten, diese Sache nicht in den Mund zu nehmen, besonders wenn es sich um eine Katze handelt. Aber Violet, Klaus und Sunny wussten, dass dies ein Notfall war. Sie brauchten eine gewisse Zeit für sich allein, um herauszubekommen, welchen Plan Kapitän Talmi hatte und wie sie ihn vereiteln konnten. Eine allergische Reaktion herbeizuführen ist zwar eine ziemlich drastische Methode, Zeit für sich zu gewinnen, aber es war die einzige Lösung, die ihnen einfiel. Deshalb steckten die drei Kinder, als keiner der beiden Erwachsenen am Tisch hinschaute, die Pfefferminzbonbons in den Mund und warteten ab.

Die Baudelaire-Allergien sind bekannt dafür, dass sie schnell ausbrechen; daher brauchten die Waisen nicht lange zu warten. In ein paar Minuten bekam Violet einen roten, juckenden Ausschlag, Klaus schwoll die Zunge an und Sunny, die natürlich noch nie ein Pfefferminz gegessen hatte, bekam einen Ausschlag *und* eine geschwollene Zunge.

Mr. Poe kam endlich zum Schluss seiner Geschichte und bemerkte, in welchem Zustand sich die Waisen befanden. »Aber Kinder«, sagte er, »ihr seht ja *fürchterlich* aus! Violet, du hast rote Flecken auf der Haut. Klaus, dir hängt die Zunge aus dem Mund. Sunny, du hast beide Symptome.«

»In diesem Essen muss etwas sein, wogegen wir allergisch sind«, sagte Violet.
»Ach du meine Güte«, sagte Mr. Poe und sah zu, wie eine Pustel auf Violets Arm zur Größe eines hartgekochten Eis anschwoll.
»Ihr müsst nur tief Luft holen«, sagte Kapitän Talmi, ohne richtig von seinem Cheeseburger aufzuschauen.
»Ich fühle mich schrecklich«, sagte Violet, und Sunny fing an zu jammern. »Ich glaube, wir sollten nach Hause gehen und uns hinlegen, Mr. Poe.«
»Lehnt euch nur in eurem Stuhl zurück«, sagte Kapitän Talmi scharf. »Es gibt keinen Grund, während des Mittagessens zu verschwinden.«
»Aber Kapitän Talmi«, sagte Mr. Poe, »die Kinder sind wirklich krank. Violet hat Recht. Kommen Sie, ich bezahle die Rechnung und wir bringen die Kinder nach Hause.«
»Nein, nein«, sagte Violet schnell. »Wir nehmen uns ein Taxi. Sie beide bleiben hier und kümmern sich um die Einzelheiten.«
Kapitän Talmi warf Violet einen scharfen Blick zu. »Ich würde nicht im Traum daran denken, euch allein zu lassen«, sagte er finster.
»Nun, es gibt eine Menge Papierkram zu erledigen«, sagte Mr. Poe. Er blickte auf seinen Teller, und die Baudelaires konnten sehen, dass ihm nicht allzu viel

daran lag, das Restaurant zu verlassen und sich um kranke Kinder zu kümmern. »Wir würden sie ja nicht lange allein lassen.«

»Unsere Allergien sind verhältnismäßig harmlos«, sagte Violet wahrheitsgemäß und kratzte an einem ihrer Pickel. Sie erhob sich und führte ihre Geschwister mit den geschwollenen Zungen zum Ausgang. »Wir legen uns nur für ein oder zwei Stunden hin, während Sie in Ruhe Ihr Mittagessen einnehmen. Wenn Sie, Kapitän Talmi, alle Papiere unterschrieben haben, können Sie einfach kommen und uns einsammeln.«

Kapitän Talmis einziges sichtbares Auge fing an zu funkeln, wie Violet es noch nie gesehen hatte. »Das werde ich«, antwortete er. »Ich komme und sammle euch sehr, sehr bald ein.«

»Auf Wiedersehen, Kinder«, sagte Mr. Poe. »Ich hoffe, ihr fühlt euch bald besser. Wissen Sie, Kapitän Talmi, in meiner Bank gibt es jemanden, der fürchterliche Allergien hat. Ich erinnere mich, einmal ...«

»Geht ihr schon?«, fragte Larry die drei Kinder, als sie ihre Mäntel zuknöpften. Draußen wehte der Wind heftiger, und es hatte angefangen zu fieseln, während der Hurrikan Hermann immer näher kam. Trotzdem waren die Kinder froh, den *Bangen Clown* zu verlassen, nicht nur weil das grelle Restaurant –

das Wort »grell« bedeutet hier »voller Luftballons, Neonleuchten und aufdringlicher Kellner« – voller Luftballons, Neonleuchten und aufdringlicher Kellner war. Die Baudelaires wussten, dass sie gerade mal ein bisschen Zeit für sich erfunden hatten und jede Sekunde davon nutzen mussten.

Achtes Kapitel

Wenn jemand auf Grund einer allergischen Reaktion eine geschwollene Zunge hat, ist es oft schwierig, zu verstehen, was er oder sie sagt.

»Bluh bluh bluh bluh bluh«, sagte Klaus, als die drei aus dem Taxi stiegen und auf die Tür mit der abblätternden weißen Farbe zu Tante Josephines Haus zugingen.

»Ich verstehe nicht, was du sagst«, sagte Violet und kratzte sich an einem Ausschlagfleck, der haargenau die Form der Insel Kreta hatte.

»Bluh bluh bluh bluh bluh«, wiederholte Klaus, oder vielleicht sagte er auch etwas anderes, ich habe wirklich keine Ahnung.

»Ist ja gut, ist ja gut«, sagte Violet, öffnete die Haustür und ließ ihre Geschwister hinein. »Nun hast du die Zeit, die du brauchst, um das auszutüfteln, womit du gerade beschäftigt bist.«

»Bluh bluh bluh«, bluhte Klaus.

»Ich kann dich immer noch nicht verstehen«, sagte Violet. Sie zog erst Sunny den Mantel aus, dann ihren eigenen und ließ beide auf den Boden fallen.

Normalerweise sollte man seinen Mantel natürlich an einem Haken oder im Schrank aufhängen, aber ein juckender Ausschlag ist sehr irritierend und hat gewöhnlich zur Folge, dass man solche Dinge vernachlässigt. »Ich gehe einmal davon aus, dass du irgendetwas Zustimmendes gesagt hast. Wenn du also unsere Hilfe nicht brauchst, werden Sunny und ich gegen unseren Ausschlag ein Bad mit Natriumbikarbonat nehmen.«

»Bluh!«, kreischte Sunny. Sie wollte eigentlich »Gons!« kreischen, was so viel bedeutet wie: »Gut, mein Ausschlag macht mich nämlich noch ganz verrückt!«

»Bluh«, sagte Klaus und nickte heftig dabei. Dann rannte er den Korridor entlang. Er hatte seinen Mantel nicht ausgezogen, aber das lag nicht an seiner eigenen irritierenden allergischen Reaktion. Der Grund war, dass er sich an einen kalten Ort begab.

Als Klaus die Tür zur Bibliothek öffnete, war er überrascht, wie viel sich inzwischen verändert hatte. Der Wind des näher kommenden Hurrikans hatte den letzten Rest des Fensters weggeblasen und der Regen hatte einige von Tante Josephines bequemen Stühlen durchnässt und dunkle, sich ausdehnende Flecken hinterlassen. Ein paar Bücher waren von den Regalen heruntergefallen und zum Fenster hinübergeweht worden, wo das Wasser sie aufgeweicht hatte. Es gibt kaum einen traurigeren Anblick als ruinierte Bücher, aber Klaus hatte keine Zeit, traurig zu sein. Er wusste, dass Kapitän Talmi, sobald er konnte, kommen und die Baudelaires einsammeln würde, deshalb musste er sich sofort an die Arbeit machen. Als Erstes nahm er Tante Josephines Abschiedsbrief aus der Tasche, legte ihn auf den Tisch und beschwerte ihn mit Büchern, damit er nicht im Wind davonflog. Dann ging er hinüber zu den Regalen und begann die Buchrücken nach Titeln zu durchsuchen. Er wählte drei Bücher aus: *Grundregeln der Grammatik und Interpunktion, Handbuch der häufigsten grammatikalischen Fehler* und *Komplette Orthographie aller je existierenden Wörter.* Jedes dieser Bücher war so dick wie eine Wassermelone, und Klaus wankte unter ihrem Gewicht, als er alle drei zum Tisch trug. Mit einem lauten *Bums* ließ er sie dort fallen. »Bluh bluh bluh bluh bluh bluh bluh«, murmelte er, suchte einen Stift und machte sich an die Arbeit.

Eine Bibliothek ist normalerweise gut geeignet für Arbeiten am Nachmittag, aber nicht, wenn ihr Fenster zerschmettert ist und sich ein Hurrikan nähert. Der Wind blies immer heftiger, der Regen fiel immer stärker und der Raum wurde immer ungemütlicher. Klaus aber störte das nicht. Er öffnete die drei Bücher und machte sich Notizen en masse, was hier bedeutet »in großer Zahl«. Ab und an machte er auch Kreise um eine Stelle in dem, was Tante Josephine geschrieben hatte. Draußen fing es an zu donnern, und bei jedem Donnerschlag wackelte das ganze Haus, aber Klaus ließ sich nicht darin beirren, umzublättern und sich Notizen zu machen. Als es dann draußen auch noch zu blitzen begann, hörte er auf und starrte eine ganze Weile mit heftigem Stirnrunzeln auf den Brief. Schließlich schrieb er zwei Wörter ans Ende von Tante Josephines Brief. Dabei konzentrierte er sich so sehr auf das, was er tat, dass er fast vom Stuhl fiel, als Violet und Sunny die Bibliothek betraten und seinen Namen riefen.

»Bluh habt mich bluh«, schrie er mit hämmerndem Herzen und einer schon etwas weniger geschwollenen Zunge.

»Es tut mir Leid«, sagte Violet. »Ich wollte dich nicht erschrecken.«

»Bluh bluh ein Bad mit Natriumbikarbonat bluh?«, fragte Klaus.

»Nein«, antwortete Violet. »Wir konnten kein Bad mit Natriumbikarbonat nehmen. Tante Josephine hat kein Natriumbikarbonat, weil sie nie den Backofen anmacht. Wir haben nur ein ganz normales Bad genommen. Aber das ist nicht so wichtig, Klaus. Was hast *du* gemacht in diesem eiskalten Zimmer? Warum hast du lauter Kreise in Tante Josephines Brief gemacht?«

»Grammatik gebluht«, erwiderte er und deutete auf die Bücher.

»Bluh?«, kreischte Sunny, was wahrscheinlich »glu?« bedeutete, was so viel wie: »Warum verschwendest du deine wertvolle Zeit damit, Grammatik zu studieren?« bedeuten sollte.

»Bluh«, erklärte Klaus ungeduldig, »ich glaube, dass bluh Josephine uns eine Botschaft in bluh Brief geschickt hat.«

»Sie war verzweifelt und hat sich aus dem Fenster gestürzt«, sagte Violet und zitterte im Wind. »Welche andere Botschaft könnte da noch sein?«

»Es gibt zu viele grammatikalische Fehler in dem bluh«, sagte Klaus. »Tante Josephine liebte die Grammatik und sie hätte nie so viele Fehler gemacht, wenn sie nicht einen bluh Grund dafür gehabt hätte. Das habe ich also bluh gemacht – die grammatikalischen Fehler gezählt.«

»Bluh«, sagte Sunny, was so viel bedeutete wie: »Mach bitte weiter, Klaus.«

Klaus wischte ein paar Regentropfen von seiner Brille und betrachtete seine Notizen. »Wir wissen schon, dass im zweiten Satz das falsche DAS vorkommt. Ich denke, dadurch sollte unsere Aufmerksamkeit erregt werden. Aber schaut euch den dritten Satz an. *Ich bin sehr traurich, eisiger Schmerz quält mich, es ist unerträglich groß geworden.*«

»Richtig müsste es natürlich heißen: *er* ist unerträglich groß geworden. Das hast du uns auch schon erklärt.«

»Bluh da ist noch mehr«, sagte Klaus. ›Traurich‹ schreibt man nicht mit CH am Ende, sondern mit G.«

»Okay, damit haben wir ›traurig‹ und ›er‹. Damit kann ich noch nichts anfangen«, sagte Violet.

»Ich auch nicht«, sagte Klaus. »Aber schau dir bluh nächsten Absatz an: *Ich weiß, dass ihr Kinder keine Ahnung davon habt, wie jämmervoll das Dasein einer Witwe ist und was der Gründ für diese Verzweiflungstat war.* Da stecken wieder zwei Fehler drin. Das Wort ›jämmervoll‹ gibt es gar nicht. Es gibt nur ›jämmerlich‹ und ›jammervoll‹. Beide sind hier miteinander vermischt, und gemeint ist wohl ›jammervoll‹ mit einem A statt einem Ä.«

»Da hast du Recht«, sagte Violet. »Das war mir gar nicht aufgefallen. Und wo steckt der zweite Fehler?«

»Der steckt in ›Gründ‹, das ist eine falsche Form. In der Einzahl heißt es ›Grund‹ und in der Mehrzahl ›Gründe‹. Und in diesem Satz muss die Einzahl stehen, weil ja auch das Tätigkeitswort ›war‹ am Ende des Satzes in der Einzahl steht. Satzgegenstand und Satzaussage müssen beide entweder in der Einzahl oder in der Mehrzahl stehen. In der Grammatik nennt man das übrigens Kongruenz, wie ich in diesem Buch über Grundregeln der Grammatik gelesen habe.«

»Dann haben wir also«, sagte Violet, »traurig statt traurich, er statt es, jammervoll statt jämmervoll und Grund statt Gründ. Was soll das denn für eine Botschaft sein, Klaus?«

»Lass mich weitermachen«, sagte Klaus. »Ich habe ja noch weitere Fehler entdeckt. Als Tante Josephine schrieb *Als meinen letzten Willen übergeb ich euch drei der Obhut von Kapitän Talmi,* hat sie bei ›übergeb‹ am Ende ein E weggelassen. Das darf man beim Schreiben niemals tun, selbst wenn man das E nicht immer deutlich ausspricht, und Tante Josephine wusste das natürlich.«

»Koik!«, kreischte Sunny und das bedeutete: »Wenn ich über all das nachdenke, wird mir noch ganz schwindlig!«

»Mir auch, Sunny«, sagte Violet und hob ihre Schwester hoch, so dass sie auf dem Tisch sitzen konnte. »Aber lass ihn weitermachen.«

»Es kommen noch sechs weitere Fehler«, sagte Klaus und hielt eine Hand mit gespreizten Fingern und dazu den Zeigefinger der anderen Hand in die Höhe. »Erstens schreibt Tante Josephine ›gütijer‹ statt ›gütiger‹ mit einem G. Zweitens ›haht‹ statt ›hart‹ mit einem R. Der dritte Fehler ist etwas komplizierter. Sie schreibt: *Vielleicht komme ich jetzt an ei-*

nen wärmeren Ort; wie mein armer Ike liebe auch ich die Sinne über alles. Was soll das denn heißen, dass sie genauso wie Ike die Sinne liebt? Erinnert ihr euch noch, was sie uns über ihren Ike erzählt hat? Sie hat uns gesagt, dass sie sich gerne vorstellt, dass er jetzt irgendwo ist, wo es heiß ist.«

»Das ist richtig«, sagte Violet und erinnerte sich. »Genau hier in diesem Raum hat sie das gesagt. Sie sagte, dass Ike den Sonnenschein liebte und sie ihn sich irgendwo vorstellt, wo die Sonne scheint.«

»Deshalb denke ich, dass sie in ihrem Abschiedsbrief nicht ›Sinne‹ meinte, sondern ›Sonne‹«, sagte Klaus, »und das ergibt in dem Zusammenhang auch einen guten Sinn.«

»Schön, und wie geht's weiter?«, fragte Violet.

»Der vierte Fehler befindet sich in *Behalte mich in liebevoller Erinnerung.*«

»Aber das ist doch orthographisch und grammatikalisch völlig in Ordnung«, protestierte Violet.

»Nicht in diesem Zusammenhang«, erwiderte Klaus. »Denn sie hat davor geschrieben: ›Ich bitte *euch* inständig‹. Und dann müsste sie auch mit der Mehrzahl weitermachen, also ›Behaltet‹ und nicht ›Behalte‹.«

»Richtig. Jemand wie Tante Josephine hätte darauf ganz sicher geachtet.«

»Jetzt kommen noch zwei Fehler«, fuhr Klaus fort

und hob zwei Finger in die Höhe. »›Tot‹ schreibt man mit einem T am Ende, wenn es wie hier ein Eigenschaftswort ist, nur das Hauptwort ›Tod‹ hat ein D. Und schließlich gibt es heute auch nicht mehr das Wort ›schröcklich‹, es heißt ›schrecklich‹.«

»Aber was«, fragte Violet, »bedeuten denn nun all diese Fehler?«

Klaus lächelte und zeigte seinen Schwestern die zwei Wörter, die er unter die Nachricht geschrieben hatte. »Graue Grotte«, las er laut vor.

»Graue *viek?*«, fragte Sunny, womit sie meinte, »Graue was?«

»Graue Grotte«, wiederholte Klaus. »Wenn man all die Buchstaben, um die es in den Fehlern geht, zusammennimmt, dann kommt das heraus. Schaut her: G in ›traurig‹ statt ›traurich‹. R in ›er‹ statt ›es‹. A in ›jammervoll‹ statt ›jämmervoll‹. U in ›Grund‹ statt ›Gründ‹. Dann das E in ›übergebe‹ statt ›übergeb‹. Dann ein G in ›gütiger‹ statt ›gütijer‹ und das R in ›hart‹ statt ›haht‹. Das O aus ›Sonne‹ an Stelle von ›Sinne‹. Das T in ›tot‹ statt ›tod‹. Und ein weiteres T in ›behaltet‹ statt ›behalte‹. Schließlich ein E in ›schrecklich‹ an Stelle von ›schröcklich‹. Das ergibt G-R-A-U-E G-R-O-T-T-E, Graue Grotte! Versteht ihr? Tante Josephine hat gewusst, dass sie Fehler machte, und sie hat gewusst, dass wir sie erkennen würden. Sie hat uns eine Botschaft hinterlassen, und die lautet: Graue …«

Klaus wurde von einem heftigen Windstoß unterbrochen, der durch das zerborstene Fenster hereinkam und die Bibliothek durchschüttelte, als wären sie eine Maraca, ein rasselndes Rhythmusinstrument, das in Lateinamerika verwendet wird. Alles in der Bibliothek wackelte, als der Wind hindurchfegte. Stühle und Fußbänkchen kippten um und lagen mit den Beinen nach oben auf dem Boden. Die Bücherregale wackelten so stark, dass einige der schwersten Bände aus Tante Josephines Sammlung in die Pfützen mit Regenwasser auf dem Boden herabwirbelten. Und gerade als ein Blitzstrahl quer über den dunklen Himmel schoss, wurden auch die Baudelaire-Waisen zu Boden geschleudert.

»Wir müssen hier raus!«, überschrie Violet das Getöse des Donners und packte ihre Geschwister bei der Hand. Der Wind wehte so heftig, dass es den Baudelaires vorkam, als ob sie einen gewaltigen Berg hinaufstiegen, statt zur Tür der Bibliothek zu gehen. Sie waren völlig außer Atem, als sie schließlich hinter sich die Tür schlossen und schlotternd im Korridor standen.

»Arme Tante Josephine«, sagte Violet. »Ihre Bibliothek ist ruiniert.«

»Aber ich muss noch einmal da hinein«, sagte Klaus und hielt den Abschiedsbrief hoch. »Wir haben lediglich herausbekommen, dass Tante Josephine uns

»Graue Grotte« übermittelt hat, und wir brauchen eine Bibliothek, um mehr herauszufinden.«

»Aber nicht diese Bibliothek«, stellte Violet klar. »In dieser Bibliothek waren doch nur Bücher zur Grammatik. Wir brauchen ihre Bücher über den Seufzersee.«

»Wieso?«, fragte Klaus.

»Weil ich jede Wette mit dir eingehe, dass sich dort die Graue Grotte befindet«, sagte Violet, »am Seufzersee. Erinnert ihr euch, dass sie gesagt hat, sie kennt jede Insel in seinen Gewässern und jede Höhle an seinem Ufer? Ich wette, die Graue Grotte ist eine von diesen Höhlen.«

»Aber warum sollte ihre geheime Botschaft von einer Höhle handeln?«, fragte Klaus.

»Du warst so damit beschäftigt, die Botschaft zu entziffern«, sagte Violet, »dass du gar nicht verstanden hast, was sie bedeutet. Tante Josephine ist nicht tot. Sie will nur, dass die Leute *denken,* sie ist tot. Aber sie wollte *uns* mitteilen, dass sie sich versteckt. Wir müssen ihre Bücher zum Seufzersee finden und herausbekommen, wo die Graue Grotte ist.«

»Aber erst müssen wir wissen, wo die Bücher sind«, sagte Klaus. »Sie hat uns gesagt, dass sie sie versteckt hat, erinnert ihr euch?«

Zustimmend kreischte Sunny irgendetwas, aber ihre

Geschwister konnten sie wegen eines Donnerschlages nicht hören.
»Denken wir doch mal nach«, sagte Violet. »Wo würdet ihr etwas verstecken, wenn ihr es nicht mehr sehen wollt?«
Die Baudelaire-Waisen waren ganz still, als sie überlegten, wo sie Sachen versteckt hatten, die sie nicht anschauen wollten, als sie noch bei ihren Eltern im Baudelaire-Haus wohnten. Violet dachte an eine automatische Harmonika, die sie erfunden hatte und die so schreckliche Geräusche produzierte, dass sie sie versteckt hatte, um nicht an diesen Misserfolg erinnert zu werden. Klaus musste an ein Buch über den Deutsch-Französischen Krieg denken, das so schwierig war, dass er es versteckt hatte, um nicht daran erinnert zu werden, dass er noch nicht alt genug war, es zu lesen. Und Sunny dachte an einen Stein, der sogar für ihren schärfsten Zahn zu hart gewesen war und den sie versteckt hatte, damit ihr nicht länger der Kiefer wehtat von den vielen Versuchen, mit ihm fertig zu werden. Und alle drei Baudelaire-Waisen dachten an die Orte, die sie als ihr Versteck gewählt hatten.
»Unter dem Bett«, sagte Violet.
»Unter dem Bett«, stimmte Klaus zu.
»Sieka jit«, stimmte auch Sunny zu, und ohne ein weiteres Wort rannten die drei Kinder die Diele ent-

lang zu Tante Josephines Zimmer. Unter normalen Umständen ist es nicht höflich, in jemandes Zimmer zu gehen, ohne anzuklopfen, aber man kann eine Ausnahme machen, wenn die Person tot ist oder vorgibt, tot zu sein, und die Baudelaires betraten das Zimmer einfach so. Es war ähnlich wie ihr eigenes und hatte eine marineblaue Tagesdecke und einen Haufen Blechbüchsen in der Ecke. Ein kleines Fenster ging auf den regennassen Hügel hinaus. Neben Tante Josephines Bett lag ein Stapel neuer Grammatikbücher, mit deren Lektüre sie noch nicht begonnen hatte und die sie nun leider nie lesen würde. Aber der einzige Ort im Zimmer, der die Kinder interessierte, war der Platz unter dem Bett, und sie knieten sich hin, um dort nachzuschauen.

Offenbar hatte Tante Josephine eine ganze Menge Sachen, die sie nicht mehr sehen wollte. Unter dem Bett lagen Töpfe und Pfannen, die sie nicht mehr sehen wollte, weil sie sie an den Herd erinnerten. Da waren hässliche Socken, die ihr jemand geschenkt hatte und die für menschliche Augen einfach eine Beleidigung waren. Und es machte die Baudelaires traurig, als sie ein gerahmtes Foto eines gütig blickenden Mannes entdeckten, der in einer Hand einige Kekse hielt und die Lippen spitzte, als ob er pfiff. Es war Ike, und die Baudelaires wussten, dass Tante Josephine es dort hingetan hatte, weil sie

zu traurig war, um es zu betrachten. Aber hinter einem der größten Töpfe lag ein Stapel Bücher und die Baudelaire-Waisen griffen sofort danach.
»*Die Gezeiten des Seufzersees*«, las Violet laut den Titel des obersten Buches. »Das wird uns nicht helfen.«
»*Der Grund des Seufzersees*«, las Klaus den nächsten. »Das nützt uns auch nichts.«
»*Seufzerseeforellen*«, las Violet.
»*Die Geschichte der Damokleskai-Region*«, las Klaus.
»*Ivan Seufzer – Erforscher eines Sees*«, las Violet.
»*Wie Wasser entsteht*«, las Klaus.
»*Atlas des Seufzersees*«, sagte Violet.
»Atlas? Das ist es!«, rief Klaus. »Ein Atlas ist ein Buch mit Karten!«
Draußen leuchtete ein Blitz auf und es begann heftiger zu regnen, so dass es sich anhörte, als ob jemand Murmeln aufs Dach fallen ließ. Ohne ein Wort schlugen die Baudelaires den Atlas auf und blätterten darin. Sie sahen eine Karte des Sees nach der anderen, aber sie konnten die Graue Grotte nicht finden.
»Dies Buch hat vierhundertundachtundsiebzig Seiten«, rief Klaus, nachdem er die letzte Seite angeschaut hatte. »Es wird ewig dauern, bis wir die Graue Grotte finden.«
»Wir haben aber nicht ewig Zeit«, sagte Violet. »Kapitän Talmi ist wahrscheinlich schon auf dem Weg

hierher. Benutze den Index am Ende. Schau nach unter *Grau.*«

Klaus schlug den Index auf. Das ist, wie du sicher weißt, eine alphabetische Liste all der Dinge, die in dem Buch vorkommen, und der Seiten, auf denen sie sich befinden. Klaus ging mit seinem Zeigefinger die Liste mit allen G-Wörtern entlang und murmelte leise. »Garnelenbucht, Geisterhöhle, Gewürzklippen, Gourmet-Insel, Graue Grotte – hier ist sie! Graue Grotte, Seite einhundertundvier.«

Schnell schlug Klaus die richtige Seite auf und betrachtete die Karte, auf der alle Einzelheiten zu sehen waren. »Graue Grotte, Graue Grotte, wo ist sie nur?«

»Da ist sie!« Violet zeigte mit dem Finger auf den kleinen Punkt auf der Karte mit der Schrift *Graue Grotte.* »Genau gegenüber vom Damokleskai und etwas westlich vom Lavendel-Leuchtturm. Lass uns hingehen.«

»Gehen?«, fragte Klaus. »Wie wollen wir über den See kommen?«

»Die Freudlose Fähre bringt uns hin«, sagte Violet und wies auf eine gestrichelte Linie auf der Karte. »Schau, die Fähre fährt direkt zum Lavendel-Leuchtturm und von da können wir laufen.«

»Wir sollen zu Fuß zum Damokleskai, in diesem Regen?«, fragte Klaus.

»Wir haben keine Wahl«, antwortete Violet. »Wir müssen beweisen, dass Tante Josephine noch am Leben ist, sonst kommen wir zu Kapitän Talmi.«

»Ich hoffe nur, sie ist noch ...«, fing Klaus an, aber er brach ab und zeigte auf das Fenster. »Schaut nur!«

Violet und Sunny schauten. Das Fenster in Tante Josephines Schlafzimmer ging auf den Hügel hinaus, und die Waisen konnten eine der spinnenbeinigen metallenen Stelzen sehen, die das Haus davor bewahrten, in den See zu stürzen. Aber sie konnten auch erkennen, dass diese Stütze von dem heulenden Gewittersturm schwer beschädigt war. Sie hatte eine große schwarze Brandstelle, ohne Zweifel von einem Blitzeinschlag, und der Wind hatte die Stelze in eine unheilvolle Krümmung verbogen. Während um sie herum der Sturm wütete, konnten die Waisenkinder zusehen, wie die Stütze darum kämpfte, ihren festen Halt zu bewahren.

»Tafka!«, kreischte Sunny, was bedeutete: »Wir müssen *sofort* hier raus!«

»Sunny hat Recht«, sagte Violet. »Schnapp dir den Atlas und weg von hier!«

Klaus schnappte sich den *Atlas des Seufzersees*. Er wollte sich gar nicht vorstellen, was jetzt passieren könnte, wenn sie weiter durch den Atlas geblättert und nicht zum Fenster geschaut hätten. Als die Kinder aufstanden, drehte der Wind voll auf, ein Ausdruck, der hier bedeutet: »Er schüttelte das ganze Haus, so dass die drei Waisenkinder zu Boden purzelten.« Violet fiel gegen einen Bettpfosten und holte sich eine Prellung am Knie. Klaus fiel gegen den kalten Heizkörper und holte sich eine Prellung an einem Fuß. Und Sunny fiel in den Haufen Blechbüchsen und holte sich Prellungen an allen Gliedern. Als die Waisen sich wieder aufrappelten, schien sich der ganze Raum ein wenig nach einer Seite zu neigen.

»Los, kommt!«, schrie Violet und packte Sunny. Die Waisenkinder eilten hinaus zur Diele in Richtung Haustür. Ein Stück der Decke war herabgefallen und der Regen ergoss sich auf den Teppich und weichte die Baudelaires durch, als sie unter dem Loch entlangliefen. Erneut machte das Haus einen Ruck und wieder stürzten die Kinder zu Boden. Tante Josephines Haus begann von dem Hügel abzurutschen.

»Weiter!«, schrie Violet noch einmal, und die Waisen hasteten die geneigte Diele zur Tür hinauf, rutschten in den Pfützen aus und stolperten in ihrer Angst über die eigenen Füße. Klaus erreichte als Erster die Haustür, riss sie auf, als das Haus gerade einen erneuten Ruck machte und sich ein ganz grauenhaft knirschendes Geräusch erhob.

»Los!«, schrie Violet wieder, und die Baudelaires krochen durch die Tür auf den Hügel und klammerten sich in dem eiskalten Regen aneinander. Sie froren.

Sie hatten Angst. Aber sie waren noch einmal davongekommen.
Ich habe in meiner langen und bewegten Lebensgeschichte schon viele erstaunliche Dinge gesehen. Ich habe Gänge gesehen, die vollständig aus menschlichen Schädeln erbaut waren. Ich habe gesehen, wie ein Vulkan ausbrach und einen Strom glühender Lava ausspuckte, der langsam auf ein kleines Dorf zukroch. Ich habe mit angesehen, wie eine Frau, die ich liebte, von einem gewaltigen Adler gepackt und in sein hoch gelegenes Bergnest gebracht wurde. Aber ich kann mir immer noch nicht vorstellen, welcher Anblick sich bot, als Tante Josephines Haus in den Seufzersee stürzte. Aus meinen Nachforschungen weiß ich, dass die Kinder in stummem Entsetzen beobachteten, wie die Tür mit der abblätternden weißen Farbe zuschlug und zusammengeknüllt wurde, wie man ein Stück Papier zu einem Ball zusammenknüllen könnte. Man hat mir berichtet, dass sich die Kinder noch enger aneinander schmiegten, als sie den lauten und ohrenbetäubenden Lärm hörten, mit dem ihr Zuhause von der Wand des Hügels losbrach. Aber ich kann dir nicht deutlich machen, welche Gefühle es auslöste, zusehen zu müssen, wie das ganze Gebäude immer tiefer hinabstürzte und unten auf das sturmgepeitschte Wasser aufschlug.

Neuntes Kapitel

Die Post der Vereinigten Staaten von Amerika hat ein Motto. Das Motto lautet: »Weder Regen noch Hagel, noch Schneegestöber dürfen die Zustellung von Postsachen verhindern.« Das bedeutet nichts anderes, als dass dein Briefträger oder deine Briefträgerin, auch wenn das Wetter noch so scheußlich ist und jeder lieber im Haus bleiben und sich an einer Tasse Kakao gütlich tun würde, sich trotzdem warm einpacken, hinausgehen und dir die Post zustellen muss. Die Post der Vereinigten Staaten ist nicht der Meinung, dass eisige Stürme sie bei der Ausübung ihrer Pflichten behindern sollten.

Die Baudelaire-Waisen mussten zu ihrem Kummer feststellen, dass die Freudlose Fähre keine derartige Meinung verfolgte. Violet, Klaus und Sunny waren mit Mühe den Hügel heruntergekommen. Der Sturm nahm an Heftigkeit zu, und die Kinder merkten, dass Wind und Regen nichts lieber wollten, als sie zu packen und in die wütenden Wogen des Seufzersees zu schleudern. Violet und Sunny hatten nicht die Zeit gehabt, ihre Mäntel mitzunehmen, als sie aus dem

Haus stürzten; daher trugen die Kinder abwechselnd den Mantel von Klaus. Während sie die überflutete Straße entlangstolperten, fuhr ein- oder zweimal ein Auto vorbei, und die Baudelaires mussten sich schnell in die feuchten Büsche schlagen und verstecken für den Fall, dass Kapitän Talmi sie einsammeln kam. Als sie endlich den Damokleskai erreichten, klapperten sie mit den Zähnen, und ihre Füße waren so kalt, dass ihre Zehen völlig abgestorben waren. Der Anblick des Schildes GESCHLOSSEN am Fahrkartenhäuschen der Freudlosen Fähre ging daher fast über ihre Kräfte.

»Der Schalter ist *geschlossen.*« Klaus schrie und wurde dabei immer lauter, aus Verzweiflung und um nicht durch Hurrikan Hermann übertönt zu werden. »Wie sollen wir jetzt zur Grauen Grotte kommen?«

»Wir müssen warten, bis der Schalter wieder aufmacht«, antwortete Violet.

»Aber er wird nicht aufmachen, bevor der Sturm vorbei ist«, erklärte Klaus, »und bis dahin hat Kapitän Talmi uns längst gefunden und weit weg gebracht. Wir müssen, so bald wie möglich, zu Tante Josephine gelangen.«

»Ich wüsste nicht, wie«, sagte Violet fröstelnd. »Nach dem Atlas ist die Höhle genau auf der anderen Seite des Sees und wir können nicht die ganze Strecke *schwimmen* bei diesem Wetter.«

»Entro!«, kreischte Sunny, was in etwa bedeutete: »Und wir haben auch nicht die Zeit, um den See herumzulaufen.«

»Es muss doch andere Fahrzeuge auf diesem See geben«, sagte Klaus, »außer der Fähre. Motorboote oder Fischerboote oder …« Er verstummte und seine Blicke trafen sich mit denen seiner Schwestern. Die drei Waisen dachten alle das Gleiche.

»Oder *Segelboote*«, brachte Violet den Satz für ihn zu Ende. »Kapitän Talmis Segelbootverleih. Er hat gesagt, der wäre gleich auf dem Damokleskai.«

Die Baudelaires standen unter dem Regendach des Fahrkartenhäuschens und blickten zum entfernteren Ende des verlassenen Kais. Dort sahen sie ein Eisentor. Es war sehr hoch und hatte oben glänzende Stacheln. Darüber hing ein Schild mit einigen Worten, die sie nicht lesen konnten. Neben dem Schild war ein kleiner Schuppen. Er war kaum zu erkennen wegen des Regens und hatte ein flackerndes Licht im Fenster. Die Kinder betrachteten es voller Entsetzen. Kapitän Talmis Segelbootverleih zu betreten, um Tante Josephine zu suchen, wäre so, als ob man in einen Löwenkäfig ginge, um einem Löwen zu entkommen.

»Da können wir nicht hin«, sagte Klaus.

»Wir müssen«, sagte Violet. »Wir wissen, dass Kapitän Talmi nicht da ist, weil er entweder auf dem

Wege zu Tante Josephines Haus ist oder noch im *Bangen Clown.*«

»Aber wer immer dort *ist*«, sagte Klaus und deutete auf das flackernde Licht, »wird uns kein Segelboot ausleihen lassen.«

»Sie werden nicht wissen, dass wir die Baudelaires sind«, antwortete Violet. »Wer immer da ist, wir werden ihnen sagen, dass wir die Jones-Kinder sind und eine Segelpartie machen wollen.«

»Mitten in einem Hurrikan?«, fragte Klaus. »Das werden sie niemals glauben.«

»Das müssen sie einfach glauben«, sagte Violet resolut – ein Wort, das hier bedeutet, »als ob sie selbst daran glaubte, obwohl sie sich nicht so sicher war« –, und sie führte ihre Geschwister auf den Schuppen zu. Klaus hielt den Atlas fest an die Brust gedrückt, Sunny, die an der Reihe war, den Mantel zu tragen, zog ihn fest um sich, und bald standen die Baudelaires schlotternd unter dem Schild mit der Aufschrift: KAPITÄN TALMIS SEGELBOOTVERLEIH – ES WIRD GARANTIERT, DAS JEDES BOOT SEIN EIGENES SEGEL HAT. Aber das hohe Eisentor war fest verschlossen. Die Baudelaires blieben dort stehen. Sie hatten Angst, den Schuppen zu betreten.

»Wir wollen mal hineinschauen«, flüsterte Klaus und zeigte auf ein Fenster, das aber für ihn oder Sunny zu hoch war. Violet konnte auf Zehenspitzen durch das Fenster in den Schuppen hineinsehen, und mit einem Blick erkannte sie, dass es für sie keine Möglichkeit gab, ein Segelboot zu mieten.

Der Schuppen war winzig und bot nur Platz für einen kleinen Tisch und eine einzelne Glühbirne, die ein flackerndes Licht verbreitete. Am Tisch aber saß jemand auf einem Stuhl und schlief, eine so massige Person, dass es aussah, als ob in dem Schuppen ein gigantischer Klumpen lag. Die Person schnarchte vor sich hin, mit einer Bierflasche in der einen und einem Ring mit Schlüsseln in der anderen Hand, und durch das Schnarchen wackelte die Flasche, schepperten die Schlüssel und sogar die Tür zum Schuppen öffnete sich knarrend ein paar Zentimeter weit. Aber obwohl diese Geräusche ganz schön schauerlich waren, lag es nicht an ihnen, dass Violet in Angst und Schrecken versetzt wurde. Was ihr viel mehr Angst machte, war, dass man nicht entscheiden konnte, ob diese Person ein Mann oder eine Frau war. Es gibt in der Welt nicht sehr viele solche Menschen, und Violet wusste, wer das war. Vielleicht hast du Graf Olafs böse Kumpane schon vergessen, aber die Baudelaires hatten sie in Fleisch und Blut gesehen – viel Fleisch im Falle dieses Kumpans – und erinnerten sich an alle mit sämtlichen grauenhaften Einzelheiten. Diese Leute waren ruppig und sie waren hinterhältig, und sie taten alles, was ihnen Graf Olaf – oder in diesem Fall Kapitän Talmi – sagte, und die Waisen wussten nie, wann sie plötzlich auftauchen würden. Und nun war einer plötzlich aufgetaucht, direkt in dem Schuppen, gefährlich, bösartig und schnarchend.

Violets Entsetzen musste sich in ihrem Gesicht deutlich gespiegelt haben, denn sowie sie einen Blick durch das Fenster geworfen hatte, fragte Klaus: »Was ist los? Ich meine – außer Hurrikan Hermann und außer der Tatsache, dass Tante Josephine ihren eigenen Tod vortäuscht und dass Kapitän Talmi hinter uns her ist, und allem anderen.«

»Einer von Graf Olafs Kumpanen ist da drin«, sagte Violet.

»Welcher?«, fragte Klaus.

»Die Person, die weder wie ein Mann noch wie eine Frau aussieht«, antwortete Violet.

Klaus schauderte. »Das ist die schrecklichste.«

»Der Meinung bin ich nicht«, sagte Violet. »Ich denke, der Kahlkopf ist am schrecklichsten.«

»Wast!«, flüsterte Sunny, was wahrscheinlich bedeutete: »Lasst uns das bei einer anderen Gelegenheit diskutieren.«

»Hat er oder sie dich gesehen?«, fragte Klaus.

»Nein«, sagte Violet. »Er oder sie schläft. Aber er oder sie hält einen Ring mit Schlüsseln in der Hand.

Die brauchen wir dringend, möchte ich wetten, um das Tor aufzuschließen und an ein Segelboot zu kommen.«

»Du meinst, wir sollen ein Segelboot stehlen?«, fragte Klaus.

»Wir haben keine andere Wahl«, sagte Violet. Stehlen ist natürlich ein Verbrechen und auch eine große Unhöflichkeit. Aber wie die meisten Unhöflichkeiten ist auch diese unter bestimmten Umständen verzeihlich. Stehlen ist zum Beispiel nicht zu entschuldigen, wenn du in einem Museum bist und meinst, dass sich ein bestimmtes Gemälde in deinem Heim besser machen würde, und du das Gemälde einfach nimmst und zu dir nach Hause bringst. Wenn du aber fürchterlichen Hunger hättest und auf keine Weise an etwas Essbares kommen könntest, dann wäre es vielleicht zu entschuldigen, wenn du das Gemälde nimmst, nach Hause bringst und aufisst. »Wir müssen, so schnell wie möglich, zur Grauen Grotte«, fuhr Violet fort, »und die einzige Methode, wie wir das können, ist, ein Segelboot zu stehlen.«

»Ich weiß«, sagte Klaus, »aber wie sollen wir an die Schlüssel kommen?«

»Ich weiß nicht«, gab Violet zu. »Die Tür zum Schuppen knarrt bestimmt, und ich fürchte, wenn wir sie weiter aufmachen, wecken wir ihn oder sie auf.«

»Du könntest durch das Fenster klettern«, sagte Klaus, »wenn du auf meine Schultern steigst. Sunny könnte aufpassen.«

»Wo ist Sunny?«, fragte Violet ängstlich.

Violet und Klaus blickten nach unten und sahen, dass der Mantel ohne Sunny darin in einem kleinen Haufen auf der Erde lag. Sie blickten über den Kai, aber sie sahen nur das Fahrkartenhäuschen der Freudlosen Fähre und die schäumenden Wogen des Sees, der in der Dämmerung des späten Nachmittags immer dunkler wurde.

»Sie ist weg«, rief Klaus, aber Violet legte einen Finger an die Lippen. Sie stellte sich wieder auf die Zehenspitzen und schaute durch das Fenster. Sunny kroch gerade durch den offenen Spalt der Tür in den Schuppen und machte sich dabei ganz schmal, um die Tür nicht noch weiter aufzudrücken.

»Sie ist da drin«, murmelte Violet.

»Im Schuppen?«, fragte Klaus und hielt entsetzt die Luft an. »Oh nein, wir müssen sie zurückhalten.«

»Sie kriecht sehr langsam auf die Person zu«, sagte Violet so ängstlich, dass sie nicht einmal zu blinzeln wagte.

»Wir haben unseren Eltern versprochen, auf sie aufzupassen«, sagte Klaus. »Wir können das nicht zulassen.«

»Sie greift nach dem Schlüsselring«, sagte Violet

atemlos. »Sie macht ihn vorsichtig los von der Hand der Person.«

»Erzähl mir nichts weiter«, sagte Klaus, als ein Blitz über den Himmel zuckte. »Nein, erzähl's mir doch. Was passiert?«

»Sie hat die Schlüssel«, sagte Violet. »Sie tut sie in den Mund, um sie so zu halten. Sie kriecht zurück zur Tür. Sie macht sich schmal und kriecht durch.«

»Sie hat's geschafft«, sagte Klaus voller Bewunderung. Sunny kam triumphierend mit den Schlüsseln im Mund zu ihren Geschwistern angekrochen. »Violet, sie hat's geschafft«, sagte Klaus und drückte Sunny an sich, als ein gewaltiges *Bumm!* durch den Himmel donnerte.

Violet lächelte zu Sunny hinab, aber das Lächeln verging ihr, als sie wieder in den Schuppen blickte. Der Donner hatte Olafs Kumpan aufgeweckt, und Violet sah entsetzt, wie die Person ihre leere Hand betrachtete, wo vorher der Ring mit den Schlüsseln gewesen war, und dann den Fußboden, wo Sunny kleine Kriechspuren von Regenwasser hinterlassen hatte, und dann hoch zum Fenster blickte und Violet direkt in die Augen schaute.

»Sie ist aufgewacht!«, schrie Violet. »Er ist aufgewacht! Es ist aufgewacht! Schnell, Klaus, schließ das Tor auf. Ich will versuchen, es abzulenken.«

Ohne ein weiteres Wort nahm Klaus den Schlüsselring aus Sunnys Mund und rannte zu dem hohen Eisentor. An dem Ring hingen drei Schlüssel, ein dünner, ein dicker und einer mit so gezackten Zähnen wie die glänzenden Stacheln, die oberhalb der Kinder vom Tor in die Luft standen. Er legte den Atlas auf den Boden und versuchte den dünnen Schlüssel ins Schloss zu stecken, als Olafs Kumpan schwerfällig aus dem Schuppen herausgepoltert kam.

Das Herz in der Hose, stand Violet vor der Kreatur und lächelte sie gezwungen an. »Guten Tag«, sagte sie und wusste nicht, ob sie »Mein Herr« oder »Gnädige Frau« hinzufügen sollte. »Ich habe mich anscheinend auf diesem Kai verirrt. Könnten Sie mir den Weg zur Freudlosen Fähre zeigen?«

Graf Olafs Kumpan antwortete nicht, sondern schlurfte weiter auf die Waisenkinder zu. Der dünne Schlüssel passte ins Schloss, bewegte sich aber nicht, und Klaus versuchte den dicken.

»Entschuldigung«, sagte Violet, »ich habe Sie nicht verstanden. Könnten Sie mir sagen …«

Ohne ein Wort packte der Fleischberg Violet an den Haaren und mit einem Schwung seines Armes warf er sie sich wie einen Rucksack über die stinkige Schulter. Klaus konnte den dicken Schlüssel nicht in das Schloss hineinbekommen und versuchte es mit dem gezackten, als die Person Sunny hochhob und mit der anderen Hand wie ein Eishörnchen hielt.

»*Klaus!*«, brüllte Violet, »*Klaus!*«

Der gezackte Schlüssel passte auch nicht ins Schloss und Klaus rüttelte und schüttelte frustriert an dem Tor. Violet trat die Kreatur von hinten und Sunny biss sie ins Handgelenk, aber die Person war so gigantesk – ein Wort, das hier bedeutet: »unglaublich riesig« –, dass die Kinder ihr nur minimalen Schmerz zufügten – ein Ausdruck, der hier bedeutet: »überhaupt keinen Schmerz«.

Olafs Kumpan polterte auf Klaus zu, die anderen beiden Waisen in seinen Klauen. Verzweifelt versuchte Klaus noch einmal den dünnen Schlüssel, und zu seiner Überraschung und Erleichterung drehte er sich, und das große Eisentor schwang auf. Nur ein paar Meter entfernt waren sechs Segelboote mit dicken Leinen am Ende des Kais festgebunden – Segelboote, die sie zu Tante Josephine bringen konnten. Aber Klaus kam zu spät. Er spürte, wie er am Rücken seines Hemdes gepackt und in die Luft gehoben wurde. Etwas Schleimiges lief über seinen Rücken, und mit Entsetzen merkte er, dass die Person ihn in seinem oder ihrem Mund hielt.

»Lass mich runter!«, brüllte Klaus. »Lass mich runter!«

»Lass mich runter!«, schrie Violet. »Lass mich runter!«
»Poda risch!«, kreischte Sunny. »Poda risch!«
Aber die schwerfällige Kreatur kümmerte sich nicht um die Wünsche der Baudelaire-Waisen. Mit großen, schlurfenden Schritten drehte sie sich um und wollte die Kinder zurück in den Schuppen tragen. Sie hörten das schmatzende Geräusch, als die unförmigen Füße durch den Regen patschten: *gnatsch, gnatsch, gnatsch, gnatsch.* Aber dann gab es statt eines *Gnatsch* ein *Quatschwot,* als die Person auf Tante Josephines Atlas trat, der ihm unter den Füßen wegflutschte. Graf Olafs Kumpan wedelte mit den Armen, um sein Gleichgewicht zu halten, und ließ dabei Violet und Sunny fallen, stürzte dann zu Boden, öffnete überrascht den Mund und ließ Klaus fallen. Die Waisenkinder waren in verhältnismäßig guter körperlicher Verfassung und kamen viel schneller auf die Beine als diese verächtliche Kreatur und rannten durch das offene Tor zum nächsten Segelboot. Die Kreatur mühte sich ab, wieder hoch- und hinter ihnen herzukommen, aber Sunny hatte bereits die Leine durchgebissen, mit der das Boot am Kai festgemacht war. Als die Kreatur das Eisentor mit den Stacheln erreicht hatte, befanden sich die Waisen schon auf den stürmischen Wogen des Seufzersees. Klaus wischte den dreckigen Fußabdruck

der Kreatur vom Atlas und begann sich im Dämmerlicht des späten Nachmittags darin zu orientieren. Tante Josephines Buch mit Karten hatte ihnen schon einmal geholfen, als es ihnen den Standort der Grauen Grotte verriet, nun hatte es sie wieder gerettet.

Zehntes Kapitel

Der nette Verleger dieses Buches hat mir mitgeteilt, dass er sich Sorgen macht. Er fürchtet, Kinder wie du könnten meine Geschichte der Baudelaire-Waisen lesen und versuchen, einige der Dinge nachzumachen, die die Baudelaires getan haben. Deshalb möchte ich dir an diesem Punkt in der Geschichte, um den Verleger zu beschwichtigen – das Wort bedeutet hier: »ihn davon abbringen, sich vor Sorgen die Haare zu raufen« –, einen guten Rat geben, obwohl ich gar nichts von dir weiß. Der gute Rat lautet: Wenn du dich jemals eilig zur Grauen Grotte begeben musst, dann darfst du unter gar keinen Umständen ein Boot stehlen und versuchen, während eines Hurrikans über den Seufzersee zu segeln, denn das ist sehr gefährlich und deine Überlebenschancen sind praktisch gleich null. Insbesondere solltest du das nicht tun, wenn du – wie die Baudelaire-Waisen – nur eine vage Vorstellung davon hast, wie man mit einem Segelboot umgeht.

Graf Olafs Kumpan, der auf dem Kai stand und mit einer unförmigen Faust in der Luft herumwedelte, wurde immer kleiner, als der Wind das Segelboot wegtrieb. Während über ihnen der Hurrikan Hermann tobte, untersuchten Violet, Klaus und Sunny das Segelboot, das sie gerade gestohlen hatten. Es war ziemlich klein, hatte hölzerne Sitze und leuchtende orangefarbene Schwimmwesten für fünf Personen. Am Mast – ein Wort, das den hohen hölzernen Pfahl bezeichnet, der sich mitten in einem Boot befindet – hing ein schmieriges weißes Segel, das man mit einigen Leinen bedienen konnte. Auf dem Boden lagen zwei hölzerne Ruder für den Fall, dass Windstille herrschte. Im Heck gab es so etwas wie einen hölzernen Hebel und einen Stiel, mit dem man den Hebel hierhin und dorthin bewegen konnte, und unter einem der Sitze lag ein Metalleimer, mit dem man im Falle eines Lecks Wasser aus dem Boot schöpfen konnte. Außerdem gab es eine lange Stange mit einem Fischnetz an einem Ende, eine kleine Angel mit einem scharfen Haken und ein rostiges Fernglas, eine Art Teleskop, wie man es zum Navigieren benutzt. Die drei Geschwister quälten sich in die Schwimmwesten, während die sturmgepeitschten Wellen des Seufzersees sie immer weiter vom Ufer wegtrieben.

»Ich habe mal ein Buch darüber gelesen, wie man mit einem Segelboot umgeht«, schrie Klaus über den Lärm des Hurrikans. »Wir müssen das Segel in den Wind stellen. Dann wird er uns dahin bringen, wo wir hinwollen.«

»Und dieser Hebel heißt die Pinne«, schrie Violet. »Ich erinnere mich, weil ich einmal Blaupausen der Marine studiert habe. Die Pinne kontrolliert das Ruder, das sich unter der Wasserlinie befindet und das Boot steuert. Sunny, setz dich ins Heck und bediene die Pinne. Klaus, halt du den Atlas, damit wir sehen, wo wir hinsegeln, und ich versuche das Segel zu bedienen. Ich denke, wenn ich an *dieser* Leine ziehe, kann ich damit das Segel kontrollieren.«

Klaus blätterte die feuchten Seiten des Buches um und schlug Seite 104 auf. »In *diese* Richtung«, rief er und zeigte nach rechts. »Die Sonne geht da drüben unter, also muss da Westen sein.«

Sunny kletterte ins Heck des Segelbootes und ergriff mit ihren winzigen Händchen die Pinne, als gerade eine Welle das Boot traf und sie mit Schaum bespritzte. »Karg tem«, rief sie; das bedeutete etwas wie: »Ich bewege die Pinne in *diese* Richtung, um das Boot so zu steuern, wie Klaus es empfohlen hat«.

Der Regen peitschte auf sie ein und der Wind heulte und eine kleine Welle spülte über den Seitenrand, aber zur Überraschung der Waisen bewegte sich das Segelboot genau in die Richtung, in die sie wollten. Wenn du in diesem Augenblick auf die drei Baudelaires getroffen wärst, hättest du gedacht, ihr

Leben sei voller Glück und Freude, denn obwohl sie erschöpft, durchgeweicht und in großer Gefahr waren, fingen sie triumphierend an zu lachen. Sie waren so erleichtert, dass endlich einmal etwas geklappt hatte, dass sie lachten, als wären sie im Zirkus und nicht mitten auf einem See, mitten in einem Hurrikan und mitten in drohendem Unheil.

Während der Sturm abflaute und dabei Wellen über das Segelboot spülte, während Blitze über den Köpfen der Baudelaires zuckten, segelten sie mit dem winzigen Boot über den riesigen, finsteren See. Violet zog die Leinen hierhin und dorthin, um den Wind ins Segel zu bekommen, der immer wieder die Richtung änderte. Klaus achtete genau auf den Atlas und stellte sicher, dass sie nicht vom Kurs abkamen und auf den Maliziösen Mahlstrom oder die Fiesen Felsen zusegelten. Und Sunny hielt das Boot auf Kurs, indem sie die Pinne bediente, wenn ihr Violet ein Zeichen gab. Und gerade als der Abend in die Nacht überging und es zu dunkel wurde, um im Atlas noch etwas zu erkennen, sahen die Baudelaires ein blinkendes hellviolettes Licht. Die Waisen hatten immer geglaubt, dass Lila eine ekelhafte Farbe sei, aber nun waren sie zum ersten Mal in ihrem Leben froh, sie zu sehen. Es bedeutete, dass sich das Segelboot dem Lavendel-Leuchtturm näherte und sie bald bei der Grauen Grotte sein würden. Der

Sturm legte sich schließlich – was hier bedeutet »hörte auf« und nicht etwa »legte sich hin« –, und die Wolken rissen auf, so dass ein beinahe voller Mond zu sehen war. Die Kinder zitterten in ihrer klammen Kleidung, starrten hinaus auf die sich beruhigenden Wellen des Sees und beobachteten die Wirbel über der tiefschwarzen Tiefe.

»Der Seufzersee ist eigentlich sehr hübsch«, sagte Klaus gedankenverloren. »Mir ist das bisher nicht aufgefallen.«

»Sond«, stimmte Sunny zu, während sie ein wenig ihren Kurs korrigierte.

»Ich denke, uns ist das wegen Tante Josephine nie aufgefallen«, sagte Violet. »Wir haben uns daran gewöhnt, den See mit ihren Augen zu sehen.« Sie nahm das Fernglas und blickte angestrengt hindurch. Beim Licht des Mondes konnte sie gerade die Küste erkennen. »Ich glaube, ich sehe den Leuchtturm da drüben. Und da ist ein dunkles Loch in der Klippe gleich daneben. Das muss der Eingang zur Grauen Grotte sein.«

Ganz richtig. Als das Segelboot immer näher kam, konnten die Kinder gerade noch den Lavendel-Leuchtturm erkennen und den Eingang zu der nahe gelegenen Höhle, aber als sie in deren Tiefe hineinschauten, konnten sie kein Anzeichen von Tante Josephine oder sonst irgendetwas entdecken. Der Boden des Bootes begann an Felsen zu schurren. Das bedeutete, dass sie sich in sehr flachem Wasser befanden, und Violet sprang hinaus, um das Segelboot an das steinige Ufer zu ziehen. Klaus und Sunny stiegen ebenfalls aus und legten die Schwimmwesten ab. Dann waren sie am Eingang der Grauen Grotte und hielten ängstlich an. Vor der Höhle befand sich ein Schild mit der Aufschrift, dass sie zum Verkauf stünde. Die Waisen konnten sich nicht vorstellen, wer so einen phantasmagorischen – das Wort »phantasmagorisch« bedeutet hier: »alle schaurigen, gruseligen Wörter, die dir nur einfallen können, zusammengenommen« – Ort kaufen wollte. In der Höhlenöffnung lagen überall gezackte Felsen wie Zähne im Rachen eines Hais. Unmittelbar hinter dem Eingang konnten die Kinder merkwürdige weiße Felsformationen erkennen, die miteinander verschmolzen und verflochten waren, so dass sie wie sauer gewordene Milch aussahen. Der Boden der Höhle war hell und staubig, als wäre er aus Kreide. Aber es war nicht dieser Anblick, der die Kinder anhalten ließ. Es war das Geräusch, das aus der Höhle kam. Es war ein hoher, auf- und abschwellender Klageton, ein hoffnungsloser und verlorener Laut, so merkwürdig und gespenstisch wie die Graue Grotte selbst.

»Was ist das für ein Geräusch?«, fragte Violet ängstlich.

»Wahrscheinlich nur der Wind«, antwortete Klaus. »Ich habe einmal irgendwo gelesen, dass der Wind, wenn er durch schmale Öffnungen streicht wie zum Beispiel durch Höhlen, schaurige Geräusche machen kann. Man braucht davor keine Angst zu haben.«

Die Waisenkinder rührten sich nicht von der Stelle. Das Geräusch hörte nicht auf.

»Ich habe trotzdem Angst davor«, sagte Violet.

»Ich auch«, sagte Klaus.

»Dscheni«, sagte Sunny und kroch los in den Eingang der Höhle. Sie wollte vermutlich etwas sagen wie: »Wir sind nicht in einem gestohlenen Boot mitten in einem Hurrikan über den Seufzersee gesegelt, nur um ängstlich am Eingang einer Höhle stehen zu bleiben«. Ihre Geschwister mussten ihr zustimmen und folgten ihr. Der Klageton wurde lauter, als er von den Wänden und Felsformationen zurückgeworfen wurde, und den Baudelaires wurde klar, dass das nicht der Wind war. Es war Tante Josephine. Sie saß in einem Winkel der Höhle, hielt den Kopf in den Händen und schluchzte. Sie weinte so heftig, dass sie nicht einmal bemerkt hatte, dass die Baudelaires die Höhle betreten hatten.

»Tante Josephine«, sagte Klaus vorsichtig, »wir sind hier.«

Tante Josephine blickte auf, und die Kinder sahen,

dass ihr Gesicht feucht von Tränen und kreideweiß von der Höhle war. »Ihr habt es herausgefunden«, sagte sie, wischte sich die Augen und stand auf. »Ich wusste, ihr würdet es herausfinden«, flüsterte sie und umarmte jedes der Baudelaire-Kinder. Sie blickte Violet an, dann Klaus und dann Sunny, und die Waisen blickten sie an und fühlten, dass auch ihnen Tränen in den Augen standen, als sie ihren Vormund begrüßten. Es war, als ob sie selbst nicht ganz daran geglaubt hatten, dass Tante Josephines Tod nur vorgetäuscht war, bis sie mit eigenen Augen gesehen hatten, dass sie tatsächlich am Leben war.

»Ich wusste doch, dass ihr schlaue Kinder seid«, sagte Tante Josephine. »Ich wusste, ihr würdet meine Botschaft entziffern.«

»Eigentlich hat Klaus das gemacht«, sagte Violet.

»Aber Violet wusste, wie man mit einem Segelboot umgeht«, sagte Klaus. »Ohne Violet hätten wir es nie bis hierher geschafft.«

»Und Sunny hat die Schlüssel gestohlen«, sagte Violet, »und die Pinne bedient.«

»Ich bin froh, dass ihr es alle drei hierher geschafft habt«, sagte Tante Josephine. »Lasst mich nur zu Atem kommen, dann helfe ich euch, eure Sachen reinzubringen.«

Die Kinder schauten sich an. »Welche Sachen?«, fragte Violet.

»Euer Gepäck natürlich«, erwiderte Tante Josephine. »Und ich hoffe, ihr habt etwas zu essen mitgebracht, denn meine Vorräte sind beinahe aufgebraucht.«
»Wir haben nichts zu essen mitgebracht«, sagte Klaus.
»Nichts zu essen?«, fragte Tante Josephine. »Wie in aller Welt wollt ihr denn hier in dieser Höhle mit mir leben, wenn ihr nichts zu essen mitgebracht habt?«
»Wir sind nicht gekommen, um hier mit dir zu leben«, sagte Violet.
Tante Josephines Hände flatterten zum Kopf und fummelten nervös an ihrem Haarknoten herum. »Warum seid ihr dann gekommen?«, fragte sie.
»Stim!«, kreischte Sunny und das bedeutete: »Weil wir uns Sorgen um dich gemacht haben!«
»›Stim‹ ist kein Satz, Sunny«, sagte Tante Josephine streng. »Vielleicht könnte eines deiner älteren Geschwister in korrekten Sätzen erklären, warum ihr hier seid.«
»Weil Kapitän Talmi uns beinahe in seinen Klauen hatte!«, rief Violet. »Alle haben geglaubt, dass du tot bist, und du hast in deinem letzten Willen und Testament geschrieben, wir sollten in die Obhut von Kapitän Talmi gegeben werden.«
»Aber er hat mich dazu gezwungen«, jammerte Tan-

te Josephine. »An dem Abend, als er mich anrief, sagte er mir am Telefon, dass er in Wirklichkeit Graf Olaf sei. Er sagte, ich müsste ein Testament aufsetzen, nach dem ihr Kinder in seine Obhut kämt. Er sagte, wenn ich nicht schriebe, was er sagte, würde er mich im See ertränken. Ich hatte solche Angst, dass ich sofort zugestimmt habe.«

»Warum hast du nicht die Polizei angerufen?«, fragte Violet. »Warum hast du nicht Mr. Poe angerufen? Warum hast du nicht irgendjemanden angerufen, der dir hätte helfen können?«

»Ihr wisst, warum«, sagte Tante Josephine ärgerlich. »Ich habe Angst, das Telefon zu benutzen. Ja, ich hatte mich gerade daran gewöhnt, einen Anruf entgegenzunehmen. Ich bin noch weit davon entfernt, die Nummernknöpfe zu bedienen. Aber auf jeden Fall war es auch gar nicht nötig, jemanden anzurufen. Ich habe ein Fußbänkchen durchs Fenster geworfen und mich dann davongeschlichen. Ich habe euch die Nachricht zurückgelassen, damit ihr wusstet, dass ich nicht wirklich tot war, aber ich habe meine Botschaft verschlüsselt, damit Kapitän Talmi nicht erfährt, dass ich ihm entkommen war.«

»Warum hast du uns nicht mitgenommen? Warum hast du uns ganz allein verlassen? Warum hast du uns nicht vor Kapitän Talmi beschützt?«, fragte Klaus.

»Es ist grammatikalisch nicht korrekt«, sagte Tante Josephine, »zu sagen ›uns ganz allein verlassen‹. Du kannst sagen ›uns ganz allein gelassen‹ oder ›uns verlassen‹, aber nicht beides. Verstehst du?«

Die Baudelaires blickten sich traurig und wütend an. Sie verstanden. Sie verstanden, dass es Tante Josephine mehr um grammatikalische Fehler ging als darum, das Leben der drei Kinder zu retten. Sie verstanden, dass Tante Josephine so in ihren eigenen Ängsten gefangen war, dass sie keinen Gedanken daran verschwendet hatte, was ihnen hätte passieren können. Sie verstanden, dass Tante Josephine ein miserabler Vormund gewesen war, als sie die Kinder in großer Gefahr ganz allein gelassen hatte. Sie verstanden und wünschten, dass ihre Eltern, die nie weggelaufen wären und sie allein gelassen hätten, nicht in jenem schrecklichen Feuer umgekommen wären, mit dem das ganze Elend im Leben der Baudelaires begonnen hatte.

»Nun, genug Grammatiklektionen für heute«, sagte Tante Josephine. »Ich bin froh, euch zu sehen, und ihr dürft gerne mit mir in dieser Höhle bleiben. Ich denke nicht, dass Kapitän Talmi uns jemals hier finden wird.«

»Wir bleiben *nicht* hier«, sagte Violet ungeduldig. »Wir segeln zurück in die Stadt und wir nehmen dich mit.«

»Nie im Leben, Doktor Treben«, sagte Tante Josephine und benutzte einen Ausdruck, der »nie im Leben« bedeutet und nichts mit einem Herrn Dr. Treben zu tun hat, wer immer das sein soll. »Ich habe viel zu viel Angst vor Kapitän Talmi, um ihm noch einmal gegenüberzutreten. Nach allem, was er euch angetan hat, hätte ich gedacht, dass ihr auch Angst vor ihm hättet.«

»Wir *haben* Angst vor ihm«, sagte Klaus, »aber wenn wir beweisen, dass er in Wirklichkeit Graf Olaf ist, muss er ins Gefängnis. Und du bist der Beweis. Wenn du Mr. Poe erzählst, was vorgefallen ist, dann wird Graf Olaf eingesperrt und wir sind in Sicherheit.«

»Ihr könnt es ihm erzählen, wenn ihr wollt«, sagte Tante Josephine. »Ich bleibe hier.«

»Er wird uns nicht glauben, wenn du nicht mitkommst und den Beweis lieferst, dass du lebst«, sagte Violet.

»Nein, nein, nein«, sagte Tante Josephine. »Ich habe viel zu viel Angst.«

Violet holte tief Luft und bot ihrem ängstlichen Vormund die Stirn. »Wir haben *alle* Angst«, sagte sie fest. »Wir haben Angst gehabt, als wir Kapitän Talmi auf dem Markt getroffen haben. Wir haben Angst gehabt, als wir dachten, du hättest dich aus dem Fenster gestürzt. Wir haben Angst gehabt, uns allergische Reaktionen zu holen, und wir haben Angst gehabt,

ein Segelboot zu stehlen, und wir haben Angst gehabt, mitten in einem Hurrikan diesen See zu überqueren. Aber das hat uns nicht aufgehalten.«
Tante Josephines Augen füllten sich mit Tränen. »Ich kann nichts dafür, dass ihr tapferer seid als ich«, sagte sie. »Ich werde nicht über diesen See segeln. Ich werde auch keine Anrufe machen. Ich werde für den Rest meines Lebens hier bleiben, und ihr könnt sagen, was ihr wollt, ihr werdet mich nicht umstimmen.«
Klaus trat vor und spielte seine Trumpfkarte aus, ein Ausdruck, der bedeutet: »Er sagte etwas sehr Überzeugendes, was er sich bis zum Schluss der Auseinandersetzung aufbewahrt hatte.« – »Die Graue Grotte«, sagte er, »steht zum Verkauf.«
»Na und?«, fragte Tante Josephine.
»Das bedeutet«, sagte Klaus, »dass in Kürze bestimmte Leute kommen werden, um sie sich anzusehen. Und einige dieser Leute« – hier legte er eine dramatische Pause ein – »werden Immobilienmakler sein.«
Tante Josephine sackte der Unterkiefer nach unten, und die Waisenkinder beobachteten, wie ihre bleiche Kehle vor Angst schluckte. »Einverstanden«, sagte sie schließlich und blickte dabei ängstlich in der Höhle umher, als wäre schon ein Immobilienmakler irgendwo im Schatten verborgen. »Ich komme mit.«

Elftes Kapitel

»Oh nein«, sagte Tante Josephine.

Die Kinder beachteten sie nicht. Hurrikan Hermann hatte seinen Höhepunkt überschritten, und während die Baudelaires über den dunklen See segelten, schien wenig Gefahr zu bestehen. Nun, da ein schwacher Wind wehte, hatte Violet keine Schwierigkeiten, das Segel herumzuholen. Klaus blickte zum violetten Licht des Leuchtturms zurück und wies zuversichtlich den Weg zurück zum Damokleskai. Und Sunny bediente die Pinne, als wäre sie ihr ganzes Leben lang ein Rudergänger, was so viel heißt wie »Pinnenbediener«, gewesen. Nur Tante Josephine hatte Angst. Sie trug zwei Schwimmwesten statt einer und alle paar Sekunden schrie sie »Oh nein«, auch wenn gar nichts Furchteinflößendes passierte.

»Oh nein«, sagte Tante Josephine, »und diesmal meine ich es.«

»Was ist los, Tante Josephine?«, sagte Violet müde. Sie hatten ungefähr die Mitte des Sees erreicht. Das Wasser war immer noch ziemlich ruhig und immer noch sandte der Leuchtturm ihnen das punktförmige hellviolette Licht nach. Es schien keinen Grund zur Beunruhigung zu geben.

»Wir kommen gerade in das Territorium der Seufzerseesauger«, sagte Tante Josephine.

»Ich bin sicher, dass wir da gefahrlos durchkommen werden«, sagte Klaus und prüfte durch das Fernrohr, ob der Damokleskai schon zu sehen war. »Du hast uns erzählt, dass die Blutegel harmlos sind und sich nur von kleinen Fischen ernähren.«

»Außer wenn man kürzlich gegessen hat«, sagte Tante Josephine.

»Aber es ist Stunden her, seit wir gegessen haben«, sagte Violet beruhigend. »Das Letzte, was wir gegessen haben, waren die Pfefferminzbonbons im *Bangen Clown*. Das war am Nachmittag und nun sind wir mitten in der Nacht.«

Tante Josephine blickte zu Boden und rückte vom Rand des Bootes ab. »Aber ich habe eine Banane gegessen«, flüsterte sie, »unmittelbar bevor ihr gekommen seid.«

»Oh nein«, sagte Violet. Sunny hörte auf, die Pinne zu bedienen, und blickte besorgt ins Wasser.

»Ich bin sicher, es gibt keinen Grund zur Sorge«, sagte Klaus. »Blutegel sind sehr kleine Tiere. Wenn wir im Wasser wären, müssten wir vielleicht Angst haben, aber ich denke nicht, dass sie ein Segelboot angreifen. Außerdem: Vielleicht hat sie auch der

Hurrikan Hermann aus ihrem Territorium vertrieben. Ich möchte wetten, die Seufzerseesauger werden sich überhaupt nicht zeigen.«
Klaus dachte, er hätte für den Augenblick alles gesagt, aber im nächsten Augenblick hängte er noch einen Satz an: »Wenn man vom Teufel spricht«, und das ist ein Ausdruck, den man verwendet, wenn man über etwas redet und das dann auch gerade passiert. Wenn du zum Beispiel auf einem Picknick bist und sagst: »Ich hoffe, es schneit nicht«, und in der gleichen Minute ein Schneesturm losbricht, dann könntest du sagen »Wenn man vom Teufel spricht«, ehe du deine Decke und den Kartoffelsalat einpackst und zu einem guten Restaurant fährst. Aber im Fall der Baudelaire-Waisen kannst du sicher erraten, was passierte und Klaus dazu veranlasste, den Ausdruck zu verwenden.
»Wenn man vom Teufel spricht«, sagte Klaus und blickte in das Wasser. Aus der wogenden Schwärze stiegen dünne Kreaturen auf, kaum sichtbar im Mondlicht. Sie waren nicht länger als ein Finger, und zuerst sah es so aus, als ob jemand im See schwimmt und mit den Fingern von unten die Oberfläche des Wassers berührt. Die meisten Menschen haben aber nur zehn Finger, und in den folgenden Minuten tauchten Hunderte dieser kleinen Kreaturen auf und schlängelten sich von allen Seiten auf

das Segelboot zu. Die Seufzerseesauger erzeugten beim Schwimmen ein leises, flüsterndes Geräusch im Wasser, als wären die Baudelaire-Waisen von Leuten umgeben, die sich furchtbare Geheimnisse zumurmelten. Die Kinder beobachteten schweigend, wie sich der Schwarm dem Boot näherte und jeder Blutegel leicht gegen das Holz stieß. Ihre winzigen Blutegelmäuler verzogen sich enttäuscht, als sie das Segelboot probierten. Blutegel sind blind, aber sie sind nicht dumm, und die Seufzerseesauger wussten, dass sie keine Banane fraßen.

»Siehst du?«, sagte Klaus ängstlich, als das Klopfen der Sauger-Mäuler anhielt. »Wir sind vollkommen sicher.«

»Ja«, sagte Violet. Sie war nicht überzeugt, dass sie vollkommen sicher waren, keineswegs, aber es schien das Beste, Tante Josephine zu sagen, dass sie vollkommen sicher seien.

Das Klopfgeräusch dauerte an und wurde etwas heftiger und lauter. Frustration ist ein interessanter Gemütszustand, weil sie im Allgemeinen in der Person, die frustriert ist, die unangenehmsten Seiten zum Vorschein bringt. Frustrierte Kleinkinder werfen gern mit dem Essen um sich und machen so eine Riesenschweinerei. Frustrierte Untertanen köpfen gern Könige und Königinnen und errichten eine Demokratie. Frustrierte Motten fliegen gern gegen

Glühbirnen und hinterlassen Lampenfassungen voller Staub. Aber im Unterschied zu Kleinkindern, Untertanen und Motten sind Blutegel schon von vornherein unangenehme Wesen. Als die Seufzerseesauger nun immer frustrierter wurden, warteten alle an Bord des Segelbootes in ängstlicher Spannung, was passieren würde, wenn die Frustration bei ihnen die unangenehmsten Seiten zum Vorschein bringen würde. Eine Zeit lang versuchten die Tierchen immer wieder, in das Holz zu beißen, aber mit ihren winzigen Zähnen erreichten sie kaum mehr als ein unangenehmes Klopfgeräusch. Doch dann machten sich die Blutegel plötzlich davon, und die Baudelaires sahen zu, wie sie sich vom Segelboot wegschlängelten.

»Sie hauen ab«, sagte Klaus hoffnungsvoll, aber sie hauten nicht ab. Als sich die Blutegel eine erhebliche Strecke entfernt hatten, drehten sie plötzlich ihre winzigen Körper herum und kamen auf das Boot zugerast. Mit einem lauten *Wack!* prallten die Sauger mehr oder weniger alle gleichzeitig auf das Boot und das schwankte prekär – was hier bedeutet: »so, dass Tante Josephine und die Baudelaire-Kinder beinahe ihr Schicksal ereilte.« Die vier Insassen wurden hin- und hergeworfen und wären fast ins Wasser gefallen, wo die Blutegel sich wieder wegschlängelten, um einen erneuten Angriff zu starten.

»Jadek!«, kreischte Sunny und zeigte auf die Seitenwand des Bootes. Jadek ist natürlich kein grammatikalisch korrektes Wort, aber sogar Tante Josephine verstand, dass die jüngste Baudelaire damit sagen wollte: »Schaut euch den Riss an, den die Blutegel ins Boot gemacht haben!« Der Riss war winzig, etwa so lang wie ein Bleistift und etwa so breit wie ein menschliches Haar, und er war nach unten gebogen, so dass es aussah, als ob das Segelboot sie finster anblickte. Falls die Egel die Seite des Bootes noch öfter trafen, würde dieser Blick noch finsterer werden.

»Wir müssen viel schneller segeln«, sagte Klaus, »sonst ist das Boot im Nu entzwei.«

»Aber die Geschwindigkeit hängt beim Segeln vom Wind ab«, wandte Violet ein. »Wir können nicht dafür sorgen, dass der Wind stärker weht.«

»Ich habe Angst!«, schrie Tante Josephine. »Bitte werft mich nicht über Bord!«

»Niemand wird dich über Bord werfen«, sagte Violet ungeduldig, obwohl ich dir leider sagen muss, dass Violet sich da in einem Irrtum befand. »Nimm dir ein Ruder, Tante Josephine. Klaus, nimm du das andere. Wenn wir das Segel, die Pinne *und* die Ruder benutzen, müssten wir schneller vorankommen.«

Wack! Die Seufzerseesauger prallten auf die Seite des Bootes; damit weiteten sie den Spalt in der Seitenwand und brachten das Boot wieder zum Schwanken. Einer der Blutegel wurde durch den Aufprall über die Bordwand geschleudert, schlängelte sich auf dem Boden hin und her und knirschte mit den Zähnchen, während er nach Nahrung suchte. Mit einer Grimasse ging Klaus zu ihm hinüber und versuchte ihn mit einem Fußtritt über Bord zu befördern, aber er klammerte sich an seinen Schuh und begann sich durch das Leder zu beißen. Klaus schrie voller Abscheu und schüttelte sein Bein, und der Blutegel fiel wieder auf den Boden des Segelbootes, reckte seinen winzigen Hals und schnappte mit dem Maul. Violet griff nach der langen Stange mit dem Netz am Ende und warf den Blutegel mit einer schaufelnden Bewegung über Bord.

Wack! Der Spalt weitete sich ein wenig, so dass tropfenweise Wasser hereinzukommen begann und eine kleine Pfütze auf dem Boden des Bootes bildete.

»Sunny«, sagte Violet, »behalte diese Pfütze im Auge. Wenn sie größer wird, nimm den Eimer und schöpfe das Wasser in den See zurück.«

»Mofie!«, kreischte Sunny, was so viel bedeutete wie: »Mach ich«. Es gab wieder das Flüstergeräusch, als die Blutegel wegschwammen, um von neuem das Boot zu rammen. Klaus und Tante Josephine begannen so heftig zu rudern, wie sie konnten, während Violet das Segel nach dem Wind richtete und das

Netz in der Hand behielt für alle Egel, die an Bord gelangen würden.

Wack! Wack! Jetzt krachte es zweimal, einmal an der Seite des Bootes und dann am Boden, der sofort einen Riss bekam. Die Blutegel hatten sich in zwei Gruppen aufgeteilt. In zwei Mannschaften Fußball zu spielen ist eine gute Sache, von zwei Mannschaften angegriffen zu werden ist dagegen alles andere als gut. Tante Josephine schrie entsetzt auf. Jetzt lief an zwei Stellen Wasser ins Boot, und Sunny ließ die Pinne im Stich, um es hinauszuschöpfen. Klaus hörte auf zu rudern und hielt wortlos das Ruder nach oben. Es hatte verschiedene kleine Bissstellen – das Werk der Seufzerseesauger.

»Rudern wird nichts nützen«, erklärte er Violet feierlich. »Wenn wir weiterrudern, werden unsere Ruder noch völlig aufgefressen.«

Violet beobachtete Sunny, die mit dem Eimer voller Wasser herumkroch. »Rudern wird uns sowieso nicht helfen«, sagte sie. »Unser Boot sinkt. Wir brauchen Hilfe.«

Klaus blickte auf das dunkle, ruhige Wasser des Sees. Bis auf das Segelboot und die Schwärme von Blutegeln war es völlig verlassen. »Woher können wir mitten auf einem See Hilfe bekommen?«, fragte er.

»Wir müssen ein Rettungssignal aussenden«, sagte Violet. Sie griff in ihre Tasche und holte ein Band heraus. Sie überließ Klaus das Fischnetz und benutzte das Band, um ihr Haar zusammenzubinden, damit es ihr nicht in die Augen fiel. Klaus und Sunny beobachteten sie. Sie wussten, dass Violet ihr Haar nur dann auf diese Weise trug, wenn sie über eine Erfindung nachdachte. Und in diesem Moment konnten sie eine Erfindung dringend brauchen.

»So ist's richtig«, sagte Tante Josephine zu Violet, »mach die Augen zu. Das mache ich auch immer, wenn ich Angst habe, und ich fühle mich dann immer besser, wenn ich die Angst ausblende.«

»Sie blendet nichts aus«, sagte Klaus ärgerlich. »Sie konzentriert sich nur.«

Klaus hatte Recht. Violet konzentrierte sich so stark, wie sie konnte, und zermarterte sich das Hirn wegen eines guten Rettungssignals. Sie dachte an einen Feueralarm. Mit Blinklichtern und lauten Sirenen war ein Feueralarm hervorragend geeignet als Hilferuf. Obwohl die Baudelaire-Waisen natürlich aus eigener trauriger Erfahrung wussten, dass die Feuerwehr oft zu spät erscheint, um Menschenleben zu retten, war ein Feueralarm doch eine sehr gute Erfindung, und Violet bemühte sich um einen Einfall, wie sie ihn mit den vorhandenen Hilfsmitteln, nachahmen konnte. Sie musste ein lautes Geräusch erzeugen, um die Aufmerksamkeit von jemandem zu erringen. Und sie musste ein helles Licht erzeugen, damit dieser Jemand auch wusste, wo sie waren.

Wack! Wack! Die zwei Mannschaften der Blutegel trafen wieder auf das Boot und platschend drang noch mehr Wasser ein. Sunny wollte gerade den Eimer füllen, da streckte Violet ihre Hand aus und nahm ihn ihr weg. »Bero?«, kreischte Sunny und das bedeutete: »Bist du verrückt?«, aber Violet hatte keine Zeit, um zu antworten: »Nein, genau genommen bin ich das keineswegs.« So sagte sie nur: »Nein« und kletterte mit dem Eimer in der Hand den Mast hoch. Es ist an sich schon schwierig, den Mast eines Bootes hochzuklettern, aber es ist dreimal so schwer, wenn das Boot von einem Haufen hungriger Blutegel zum Schaukeln gebracht wird, deshalb möchte ich dir den guten Rat geben, dass dies noch etwas ist, was du unter gar keinen Umständen versuchen solltest. Aber Violet Baudelaire war ein Wunderkind, womit hier jemand gemeint ist, der »in der Lage ist, schnell Mastbäume hochzuklettern auf Booten, die von Blutegeln angegriffen werden«, und im Nu hatte sie die Spitze des schwankenden Mastes erreicht. Sie nahm den Eimer und hängte ihn am Henkel an der Spitze des Mastes auf, so dass er wie die Glocke in einem Glockenturm hin- und herbaumelte.

»Ich will dich ja nicht stören«, rief Klaus, während er mit dem Netz einen wütenden Egel hochlöffelte und so weit warf, wie er konnte, »aber unser Boot ist dabei, unterzugehen. Beeil dich bitte.«

Violet beeilte sich. Eilig hielt sie sich an der Spitze des Segels fest, und nachdem sie tief Luft geholt hatte, um sich Mut zu machen, sprang sie auf den Boden des Bootes hinab. Ganz wie sie gehofft hatte, riss das Segel, als sie in die Tiefe fiel, bremste ihren Fall und ließ ihr ein großes Stück Stoff in der Hand. Inzwischen hatte das Segelboot eine ganze Menge Wasser aufgenommen und Violet patschte zu Tante Josephine hinüber. Dabei wich sie den Blutegeln aus, die Klaus, so schnell er konnte, aus dem Boot warf.

»Ich brauche dein Ruder«, sagte Violet zu Tante Josephine und knüllte gleichzeitig das Segeltuch zu einem Ball zusammen, »und dein Haarnetz.«

»Das Ruder kannst du haben«, sagte Tante Josephine und gab es ihr. »Aber mein Haarnetz nicht; ich brauche es selber. Es hält meinen Haarknoten an Ort und Stelle.«

»Gib ihr das Haarnetz«, schrie Klaus, während er auf einen der Sitze sprang, als ihn ein Blutegel ins Knie beißen wollte.

»Aber ich habe Angst, wenn mir das Haar ins Gesicht fällt«, jammerte Tante Josephine. Im gleichen Moment traf ein doppeltes *Wack!* das Boot.

»Ich habe nicht die Zeit, mit dir zu diskutieren!«,

schrie Violet. »Ich versuche all unsere Leben zu retten! Gib mir jetzt sofort dein Haarnetz!«

»Es heißt«, sagte Tante Josephine, ›unser aller Leben‹ und nicht ›all unsere Leben‹«, aber Violet hatte genug davon. Die Älteste der Baudelaires watete nach vorn und versuchte dabei, zwei zappelnden Blutegeln auszuweichen. Sie streckte die Hand aus und riss Tante Josephine das Haarnetz vom Kopf. Dann wickelte sie das zusammengekrumpelte Stück Segel hinein, griff sich die Angel und befestigte die unordentliche Stoffkugel am Angelhaken. Es sah so aus, als wollte sie auf die Jagd nach einer Sorte Fisch gehen, die als Nahrung Segeltuch und Frisierutensilien bevorzugte.

Wack! Wack! Das Segelboot neigte sich erst zur einen, dann zur anderen Seite. Die Blutegel hatten sich fast durch die Seitenwand hindurchgearbeitet. Violet nahm das Ruder und rieb damit, so schnell und so fest wie sie konnte, an der Bootswand entlang.

»Was machst du da?«, fragte Klaus und schnappte drei Egel mit einem Schwung seines Netzes.

»Ich versuche Reibung zu erzeugen«, sagte Violet. »Wenn ich zwei Stücke Holz genug aneinander reibe, erzeuge ich Reibung. Reibung erzeugt Funken. Wenn ich einen Funken bekomme, dann zünde ich damit das Tuch und das Haarnetz an und benutze das Ganze als Signal.«

»Du willst ein Feuer machen?«, rief Klaus. »Aber ein Feuer bedeutet zusätzliche Gefahr.«
»Nicht wenn ich das Feuer mit der Angelrute über meinem Kopf schwenke«, sagte Violet. »Ich tu das und schlage an den Eimer wie an eine Glocke, und das sollte ein ausreichendes Signal sein, um Hilfe herbeizurufen.« Sie rieb und rieb das Ruder gegen die Seitenwand des Bootes, aber es gab keine Funken. Die traurige Wahrheit ist, dass das Holz vom Hurrikan Hermann und dem Seufzersee zu feucht war, um genug Reibung für ein Feuer zu erzeugen. Es war eine gute Idee, aber während Violet ohne jedes Ergebnis rieb und rieb, wurde ihr klar, dass es die falsche Idee war. *Wack! Wack!* Violet sah sich nach Tante Josephine und ihren ängstlichen Geschwistern um und fühlte, wie sie genau so schnell die Hoffnung verlor, wie Wasser ins Boot eindrang. »Es funktioniert nicht«, sagte sie bedrückt und merkte, wie ihr Tränen über die Wangen liefen. Sie dachte an das Versprechen, das sie ihren Eltern kurz vor deren Tod gegeben hatte, dass sie sich immer um ihre jüngeren Geschwister kümmern würde. Die Blutegel umkreisten das sinkende Boot, und Violet hatte das Gefühl, dass sie ihr Versprechen nicht gehalten hatte. »Es funktioniert nicht«, sagte sie noch einmal und ließ verzweifelt das Ruder fallen. »Wir brauchen ein Feuer, aber ich kann keins erfinden.«

»Schon gut«, sagte Klaus, obwohl es das natürlich nicht war. »Wir denken uns etwas anderes aus.«

»Tintet«, sagte Sunny, was ungefähr bedeutete: »Weine nicht. Du hast dein Bestes versucht«, aber Violet weinte trotzdem. Es ist sehr einfach, zu sagen, es komme nur darauf an, sein Bestes zu versuchen, aber wenn man sich wirklich in Not befindet, kommt es nicht so sehr darauf an, sein Bestes zu versuchen, sondern sich zu retten. Das Boot schwankte hin und her, durch die Spalten strömte Wasser herein, und Violet weinte, weil es so aussah, als ob es keine Rettung mehr für sie geben würde. Ihre Schultern wurden von Schluchzern geschüttelt, und sie hielt das Fernrohr ans Auge, um zu sehen, ob zufällig ein Boot in der Nähe wäre oder ob die Gezeiten ihr Segelboot an die Küste getrieben hätten, aber alles, was sie sehen konnte, war das Mondlicht, das vom gekräuselten Wasser des Sees zurückgeworfen wurde. Und das war ein Glück. Denn sowie Violet den blinkenden Widerschein sah, erinnerte sie sich an die wissenschaftlichen Prinzipien der Konvergenz und Refraktion von Licht.

Die wissenschaftlichen Prinzipien der Konvergenz und Refraktion von Licht sind sehr verwirrend, und ehrlich gesagt werde ich selber nicht schlau daraus, selbst wenn mein Freund Dr. Lorenz sie mir erklärt. Aber Violet durchschaute sie vollkommen. Sofort musste sie an eine Geschichte denken, die ihr Vater ihr vor langer Zeit erzählt hatte, als ihr Interesse an Naturwissenschaften gerade erwacht war. Als ihr Vater ein kleiner Junge gewesen war, hatte er eine fürchterliche Kusine gehabt, die sich damit vergnügte, Ameisen zu verbrennen. Das Feuer dafür hatte sie angezündet, indem sie Sonnenstrahlen mit ihrem Vergrößerungsglas bündelte. Ameisen zu verbrennen ist natürlich ein monströses Hobby – das Wort »monströs« bezeichnet hier solche Dinge, wie Graf Olaf sie tat, als er in deinem Alter war –, aber die Erinnerung an diese Geschichte machte Violet klar, dass sie die Linse des Fernrohrs benutzen konnte, um das Mondlicht zu bündeln und so ein Feuer anzuzünden. Ohne auch nur einen Augenblick zu zögern, nahm sie das Fernrohr, entfernte die Linse und hielt sie dann in einem Neigungswinkel, den sie nach einem Blick zum Mond schnell im Kopf berechnet hatte.

Das Mondlicht trat durch die Linse und wurde zu einem langen, schmalen Lichtstrahl gebündelt, der wie ein glühender Faden direkt auf das Stück Segeltuch zulief, das von Tante Josephines Haarnetz zu einer Kugel zusammengehalten wurde. Augenblicklich wurde aus dem Faden eine kleine Flamme.

»Das ist ja wunderbar!«, rief Klaus, als die Flamme den Stoff ergriff.

»Das ist ja unglaublich!«, rief Tante Josephine.
»Fonti!«, kreischte Sunny.
»Das sind die wissenschaftlichen Prinzipien der Konvergenz und Refraktion von Licht!«, rief Violet und wischte sich die Augen. Mit vorsichtigen Schritten, um den Blutegeln an Bord auszuweichen und nicht das Feuer auszulöschen, ging sie zum Bug des Bootes. Mit einer Hand nahm sie das Ruder und schlug an den Eimer. So erzeugte sie ein lautes Geräusch, um die Aufmerksamkeit von irgendjemandem zu erregen. Mit der anderen Hand hielt sie die Angelrute hoch. So zeigte sie ein helles Licht, damit dieser Jemand wusste, wo sie waren. Violet schaute hoch zu ihrer selbst gebastelten Signalapparatur, die schließlich nur funktionierte wegen einer dummen Geschichte, die ihr Vater ihr erzählt hatte. Dessen Kusine, die gerne Ameisen verbrannte, war sicher eine schreckliche Person, aber wenn sie plötzlich auf dem Segelboot aufgetaucht wäre, hätte Violet sie dankbar in die Arme geschlossen.
Wie sich zeigte, war dieses Signal allerdings eine zweifelhafte Wohltat, ein Ausdruck, der »etwas halb Gutes, halb Schlechtes« bedeutet. Jemand sah das Signal beinahe sofort, jemand, der bereits auf dem See war und unverzüglich auf die Baudelaires zuhielt. Violet, Klaus, Sunny und sogar Tante Josephine, alle lächelten erfreut, als sie ein anderes Boot

sahen, das auf sie zusegelte. Sie wurden gerettet, und das war die gute Hälfte. Aber das Lächeln verging ihnen, als das Boot näher kam und sie erkannten, wer darin saß. Tante Josephine und die Waisenkinder erkannten das Holzbein, die marineblaue Seemannsmütze und die Augenklappe, und sie wussten, wer ihnen zu Hilfe kam. Es war natürlich Kapitän Talmi und er war wahrscheinlich die schlechteste Hälfte auf der ganzen Welt.

Zwölftes Kapitel

»Willkommen an Bord«, sagte Kapitän Talmi. Er grinste boshaft, so dass man seine dreckigen Zähne sah. »Ich bin froh, euch alle wiederzusehen. Ich hatte schon gedacht, ihr seid ums Leben gekommen, als das Haus der alten Dame von der Klippe herabgestürzt ist, aber glücklicherweise hat mir mein Kompagnon berichtet, dass ihr ein Boot gestohlen habt und losgefahren seid. Und du, Josephine – ich dachte, du hättest Vernunft bewiesen und wärst aus dem Fenster gesprungen.«

»Ich wollte Vernunft beweisen«, sagte Tante Josephine säuerlich. »Aber diese Kinder sind gekommen und haben mich geholt.«

Kapitän Talmi grinste. Geschickt hatte er sein Segelboot so gesteuert, dass es längsseits zum Boot lag, das die Baudelaires gestohlen hatten, und Tante Josephine und die Kinder waren über die umherwimmelnden Blutegel gestiegen, um an Bord zu kommen. Mit einem gurgelndem *Wusch!* lief ihr eigenes Boot voll und verschwand schnell in den Tiefen des Sees. Die Seufzerseesauger umkreisten das sinkende Segelboot und knirschten mit den winzigen Zähnchen. »Wollt ihr euch nicht bedanken, Waisen?«, fragte Kapitän Talmi und zeigte auf den Strudel im See, wo ihr Segelboot gewesen war. »Ohne mich wärt ihr nun allesamt auf die Mägen dieser Blutegel verteilt.«

»Ohne Euch«, sagte Violet heftig, »wären wir gar nicht erst auf dem Seufzersee.«

»*Den* Vorwurf könnt ihr der alten Dame machen«, sagte er und zeigte auf Tante Josephine. »Den eigenen Tod vorzutäuschen war ganz schön clever, aber nicht clever genug. Das Baudelaire-Vermögen – und leider auch die dazugehörigen Gören – gehören nun mir.«

»Macht Euch doch nicht lächerlich«, sagte Klaus. »Wir gehören Euch nicht und werden Euch auch nie gehören. Wenn wir Mr. Poe erst erzählen, was passiert ist, schickt er Euch ins Gefängnis.«

»Tatsächlich?«, sagte Kapitän Talmi. Er wendete das Boot und fuhr zurück zum Damokleskai. Sein einziges sichtbares Auge funkelte teuflisch, als ob er einen boshaften Witz erzählte. »Mr. Poe wird mich also ins Gefängnis schicken, ja? Nun, Mr. Poe legt in diesem Moment gerade letzte Hand an eure Adoptionsurkunden. In wenigen Stunden werdet ihr Waisenkinder Violet, Klaus und Sunny Talmi sein.«

»Niehab!«, kreischte Sunny und das bedeutete: »Ich

bin Sunny Baudelaire und ich werde immer Sunny Baudelaire bleiben, es sei denn, ich entschließe mich selbst, meinen gesetzlichen Namen zu ändern.«

»Wenn wir Mr. Poe erklären, dass Ihr Tante Josephine gezwungen habt, diesen Brief zu schreiben«, sagte Violet, »wird er die Adoptionspapiere in tausend Stücke reißen.«

»Mr. Poe wird euch nicht glauben«, kicherte Kapitän Talmi. »Warum sollte er auch drei kleinen Würstchen glauben, die ausgerückt sind, herumrennen und Boote klauen?«

»Weil wir die Wahrheit sagen!«, rief Klaus.

»Wahrheit, Schmahrheit«, sagte Kapitän Talmi. Wenn dir etwas zuwider ist, dann ist eine Möglichkeit, das zum Ausdruck zu bringen, das Wort zu sagen und dann so zu wiederholen, dass S-C-H-M den eigentlichen ersten Buchstaben ersetzen. Zum Beispiel könnte jemand, der keine Zahnärzte mag, »Zahnarzt, Schmahnarzt« sagen. Aber nur einem Ekel wie Kapitän Talmi wäre die Wahrheit zuwider. »Wahrheit, Schmahrheit«, wiederholte er. »Ich denke, es ist viel wahrscheinlicher, dass Mr. Poe dem Besitzer eines respektablen Segelbootverleihs Glauben schenkt, der mitten in einem Hurrikan hinausgefahren ist, um drei undankbare Bootsdiebe zu retten.«

»Wir haben das Boot nur gestohlen«, sagte Violet,

»um Tante Josephine aus ihrem Versteck zu holen, damit sie allen von Eurem fürchterlichen Plan erzählen kann.«

»Aber auch der alten Frau wird niemand glauben«, sagte Kapitän Talmi ungeduldig. »Niemand glaubt einer Toten.«

»Seid Ihr auf *beiden* Augen blind?«, fragte Klaus. »Tante Josephine ist nicht tot!«

Kapitän Talmi grinste wieder und blickte auf den See hinaus. Nur ein paar Meter entfernt kräuselte sich das Wasser, wo die Seufzerseesauger auf Kapitän Talmis Segelboot zuschwammen. Nachdem sie jeden Zentimeter des Baudelaire-Bootes abgesucht und keinerlei Nahrung gefunden hatten, war den Blutegeln klar geworden, dass sie hereingelegt worden waren, und sie folgten wieder dem Bananenduft, der immer noch von Tante Josephine ausging.

»Sie ist *noch* nicht tot«, sagte Kapitän Talmi in einem fürchterlichen Ton und machte einen Schritt auf sie zu.

»Oh nein«, sagte Tante Josephine mit schreckgeweiteten Augen. »Wirf mich nicht über Bord«, bettelte sie. »*Bitte!*«

»Du wirst Mr. Poe nichts verraten«, sagte Kapitän Talmi und machte einen weiteren Schritt auf die entsetzte Frau zu, »denn du wirst dich auf den Grund des Sees zu deinem geliebten Ike begeben.«

»Das wird sie nicht«, sagte Violet und packte eine Leine. »Ich werde uns an Land steuern, bevor Ihr etwas dagegen tun könnt.«

»Ich helfe dir«, sagte Klaus, rannte zum Heck und ergriff die Pinne.

»Iga!«, kreischte Sunny, was ungefähr bedeutete: »Und ich passe auf Tante Josephine auf«. Sie kroch zum Vormund der Baudelaires und bleckte die Zähne vor Kapitän Talmi.

»Ich verspreche, ich werde Mr. Poe nichts erzählen«, sagte Tante Josephine verzweifelt. »Ich werde irgendwo anders hingehen und mich verstecken und mich nie mehr wieder blicken lassen! Du kannst ihm sagen, ich sei tot! Du kannst das Vermögen haben! Du kannst die Kinder haben! Wirf mich nur nicht den Blutegeln vor!«

Entsetzt betrachteten die Baudelaires ihren Vormund. »Du solltest dich um uns kümmern«, sagte Violet erstaunt zu Tante Josephine, »und uns nicht Kapitän Talmi zum Fraße vorwerfen!«

Kapitän Talmi hielt inne und schien über Tante Josephines Angebot nachzudenken. »Du hast vielleicht Recht«, sagte er. »Es ist nicht notwendig, dass ich dich umbringe. Man muss nur *denken,* dass du tot bist.«

»Ich werde meinen Namen ändern!«, sagte Tante Josephine. »Ich werde mir das Haar färben! Ich werde getönte Kontaktlinsen tragen! Und ich werde ganz weit weg gehen! Niemand wird jemals wieder von mir hören!«

»Aber was soll aus uns werden, Tante Josephine?«, fragte Klaus entsetzt. »Aus *uns?*«

»Seid still, Waisen!«, schnauzte Kapitän Talmi sie an. Die Seufzerseesauger hatten das Segelboot erreicht und begannen an die hölzerne Seitenwand zu klopfen. »Jetzt reden die Erwachsenen. Tja, Alte, ich wünschte, ich könnte dir glauben. Aber besonders glaubwürdig warst du bisher nicht gewesen.«

»*Bist* du gewesen«, korrigierte ihn Tante Josephine und wischte sich eine Träne aus dem Auge.

»Was?«, fragte Kapitän Talmi.

»Du hast einen grammatikalischen Fehler gemacht«, sagte Tante Josephine. »Du hast gesagt: ›Aber besonders glaubwürdig warst du bisher nicht gewesen‹, du hättest aber sagen müssen: ›Besonders glaubwürdig *bist* du bisher nicht gewesen.‹«

Kapitän Talmis einziges Auge funkelte und sein Mund verzog sich zu einem furchtbaren Grinsen. »Danke, dass du mich darauf aufmerksam gemacht hast«, sagte er und machte einen letzten Schritt auf Tante Josephine zu. Sunny knurrte ihn an, er blickte hinab und mit einer einzigen flinken Bewegung seines Holzbeins schleuderte er Sunny ans andere Ende des Bootes. »Ich will sichergehen, dass ich die

Grammatiklektion ganz verstanden habe«, sagte er zum zitternden Vormund der Baudelaires, als wäre nichts passiert. »Du würdest nicht sagen: ›Tante Josephine *war* über Bord gegangen und den Blutegeln zum Fraß vorgeworfen worden‹, denn das wäre nicht korrekt. Aber wenn du sagtest: ›Josephine Anwhistle *ist* über Bord gegangen und den Blutegeln zum Fraß vorgeworfen worden‹, dann wäre das in deinen Augen korrekt.«

»Jawohl«, sagte Tante Josephine. »Ich meine, *nein*. Ich meine …«

Aber Tante Josephine bekam keine Gelegenheit mehr zu sagen, was sie meinte. Kapitän Talmi stand direkt vor ihr und mit beiden Händen stieß er sie über den Rand des Bootes. Sie schnappte kurz nach Luft und fiel mit einem großen Platsch in den Seufzersee.

»*Tante Josephine!*«, schrie Violet. »*Tante Josephine!*«

Klaus beugte sich über den Rand des Bootes und streckte seine Hand aus, so weit er konnte. Dank ihrer zwei Schwimmwesten trieb Tante Josephine an der Oberfläche des Wassers und wedelte mit den Händen in der Luft, während die Blutegel auf sie zuschwammen. Kapitän Talmi aber zog bereits an den Leinen des Segels und Klaus konnte Tante Josephine nicht erreichen. »Du *Satan!*«, schrie er Kapitän Talmi an. »Du satanischer Bösewicht!«

»So spricht man nicht mit seinem Vater«, sagte Kapitän Talmi ruhig.
Violet versuchte Kapitän Talmi eine Leine zu entreißen. »Fahre das Boot zurück!«, schrie sie. »Wende das Boot!«
»Nicht doch«, entgegnete er freundlich. »Winkt der alten Dame zum Abschied noch einmal zu, Waisen. Ihr werdet sie nie wiedersehen.«
Klaus lehnte sich so weit wie möglich aus dem Boot hinaus. »Mach dir keine Sorgen, Tante Josephine!«, rief er, aber seine Stimme verriet, dass er sich selbst sehr große Sorgen machte. Das Boot hatte sich schon eine ganze Strecke von Tante Josephine entfernt, und die Waisen konnten nur noch die weißen Hände sehen, mit denen sie über dem dunklen Wasser wedelte.
»Sie hat eine Chance«, sagte Violet ruhig zu Klaus, während sie auf den Kai zusegelten. »Sie hat ja die beiden Rettungswesten und sie ist eine kräftige Schwimmerin.«
»Das stimmt«, sagte Klaus mit traurig bebender Stimme. »Sie hat ihr ganzes Leben am See verbracht. Vielleicht kennt sie einen Ausweg.«
»Legru«, flüsterte Sunny, was bedeutete: »Wir können nur hoffen«.
Die drei Waisenkinder schmiegten sich zitternd vor Kälte und Angst aneinander, während Kapitän Tal-

mi das Boot allein bediente. Sie wagten nichts anderes zu tun, als zu hoffen. Ihre Gefühle Tante Josephine gegenüber waren ein einziges Durcheinander. Den Baudelaires hatte es die meiste Zeit bei ihr nicht wirklich gefallen – nicht weil sie grauenhafte kalte Mahlzeiten zubereitete oder Geschenke für sie ausgewählt hatte, die sie nicht mochten, oder weil sie andauernd ihre Grammatik korrigiert hatte, sondern weil sie solche Angst vor allem hatte, dass es unmöglich war, sich über etwas wirklich zu freuen. Und das Schlimmste war, wegen ihrer Angst war Tante Josephine ein schlechter Vormund gewesen. Von einem Vormund erwartet man, dass er bei Kindern bleibt und ihnen Sicherheit gibt, Tante Josephine aber war beim ersten Anzeichen von Gefahr geflohen. Von einem Vormund erwartet man, dass er Kindern in Zeiten der Not beisteht, Tante Josephine aber musste praktisch mit Gewalt aus der Grauen Grotte gezerrt werden, als sie sie brauchten. Und von einem Vormund erwartet man, dass er Kinder vor Gefahr schützt, Tante Josephine aber hatte die Waisen Kapitän Talmi im Austausch gegen ihre eigene Sicherheit angeboten.

Aber trotz all ihrer Mängel hatten die Waisen Tante Josephine doch gern. Sie hatte ihnen viel beigebracht, wenn auch das meiste davon langweilig war. Sie hatte ihnen ein Zuhause geboten, auch wenn es kalt war und einem Hurrikan nicht standhalten konnte. Und die Kinder wussten, dass Tante Josephine genauso wie sie selbst im Leben einige fürchterliche Erfahrungen hatte machen müssen. Als daher der Vormund der Baudelaires aus ihrem Blickfeld verschwand und die Lichter des Damokleskais immer näher kamen, dachten Violet, Klaus und Sunny nicht »Josephine, Schmosephine«. Sie dachten vielmehr: »Hoffentlich gibt es noch Rettung für Tante Josephine.«

Kapitän Talmi brachte das Segelboot direkt ans Ufer und vertäute es fachmännisch am Steg. »Kommt mit, meine kleinen Idioten«, sagte er und führte die Kinder zu dem großen Eisentor mit den glänzenden Stacheln darauf, wo Mr. Poe schon auf sie wartete. In der Hand hielt er ein Taschentuch, die Erleichterung stand ihm ins Gesicht geschrieben. Neben Mr. Poe stand die giganteske Kreatur und betrachtete sie mit einem Ausdruck des Triumphes in seinem oder ihrem Gesicht.

»Ihr seid unversehrt!«, sagte Mr. Poe. »Gott sei Dank! Wir haben uns solche Sorgen um euch gemacht! Als Kapitän Talmi und ich zum Haus der Anwhistle kamen und sahen, dass es in den See gestürzt war, dachten wir, es sei um euch geschehen!«

»Ein Glück, dass mein Mitarbeiter mir gesagt hat, dass sie ein Segelboot gestohlen hatten«, erzählte

Kapitän Talmi Mr. Poe. »Das Boot ist beinahe von Hurrikan Hermann zerstört worden und dann haben es die Blutegel erwischt. Ich habe sie im letzten Augenblick gerettet.«

»Das hat er nicht!«, rief Violet. »Er hat Tante Josephine in den See geworfen! Wir müssen rausfahren und sie retten!«

»Die Kinder sind erregt und durcheinander«, sagte Kapitän Talmi mit einem funkelnden Auge. »Als ihr Vater denke ich, sie müssen sich erst einmal richtig ausschlafen.«

»Er ist nicht unser Vater!«, schrie Klaus. »Er ist Graf Olaf und er ist ein Mörder! Bitte, Mr. Poe, alarmieren Sie die Polizei! Wir müssen Tante Josephine retten!«

»Ach du meine Güte!«, sagte Mr. Poe und hustete in sein Taschentuch. »Ihr seid aber wirklich durcheinander, Klaus. Tante Josephine ist tot, erinnerst du dich? Sie hat sich aus dem Fenster gestürzt.«

»Nein, nein«, sagte Violet. »Ihr Abschiedsbrief enthielt eine geheime Botschaft. Klaus hat sie entziffert, sie lautete ›Graue Grotte‹. Genau genommen lautete sie ›DASS Graue Grotte‹, aber das DASS diente nur dazu, uns auf die Geheimbotschaft aufmerksam zu machen.«

»Was soll das denn bedeuten?«, fragte Mr. Poe. »Welche Grotte? Welches DASS?«

»Klaus«, sagte Violet, »zeig Mr. Poe die Nachricht.«

»Du kannst sie ihm morgen früh zeigen«, sagte Kapitän Talmi scheinbar beschwichtigend. »Ihr müsst euch erst einmal richtig ausschlafen. Mein Mitarbeiter wird euch in meine Wohnung bringen, während ich hier bleibe und mit Mr. Poe den Papierkram für die Adoption erledige.«

»Aber …«, sagte Klaus.

»Kein Aber«, sagte Kapitän Talmi. »Du bist sehr echauffiert, was so viel heißt wie ›aufgeregt‹.«

»Ich *weiß*, was es bedeutet«, sagte Klaus.

»*Bitte* hören Sie uns zu«, bat Violet Mr. Poe. »Es geht um Leben oder Tod. *Bitte* werfen Sie einen Blick auf Tante Josephines Nachricht.«

»Zeigt sie ihm doch«, sagte Kapitän Talmi und hob ärgerlich die Stimme, »*morgen früh!* Nun geht bitte mit meinem Mitarbeiter zu meinem Minibus und dann sofort ins Bett.«

»Einen Augenblick, Kapitän Talmi«, sagte Mr. Poe. »Wenn es die Kinder so sehr beschäftigt, dann werfe ich schnell einen Blick auf die Nachricht. Es dauert nur einen Augenblick.«

»Vielen Dank«, sagte Klaus erleichtert und griff in die Tasche, um das Papier herauszuholen. Aber sowie er in die Tasche fasste, spiegelte sein Gesicht Enttäuschung, und ich bin sicher, du kannst raten, warum. Wenn du ein Stück Papier in die Tasche steckst und dann von einem Hurrikan durchnässt wirst, dann wird sich das Stück Papier, egal wie wichtig es ist, in Matsch verwandeln. Klaus zog einen feuchten Klumpen aus der Tasche und die Waisen hatten den Rest von Tante Josephines Abschiedsbrief vor sich. Man konnte kaum erkennen, dass das mal ein Stück Papier gewesen war, und schon gar nicht die Nachricht entziffern oder das Geheimnis, das sie enthielt.

»Das *war* der Brief«, sagte Klaus und hielt ihn Mr. Poe hin. »Sie müssen uns einfach glauben, dass Tante Josephine noch am Leben war.«

»Und vielleicht *ist* sie noch am Leben«, rief Violet. »*Bitte,* Mr. Poe, schicken Sie jemanden, sie zu retten!«

»Oje, Kinder«, sagte Mr. Poe. »Ihr seid so traurig und besorgt. Aber ihr braucht euch keine Sorgen mehr zu machen. Ich habe immer versprochen, für euch zu sorgen, und ich denke, Kapitän Talmi wird das prima machen, euch großzuziehen. Er hat ein solides Unternehmen und macht nicht den Eindruck, dass er sich aus einem Fenster stürzen wird. Und offensichtlich liegt ihr ihm sehr am Herzen – schließlich ist er ganz allein mitten in einem Hurrikan hinausgefahren, um nach euch zu suchen.«

»Das Einzige, was ihm am Herzen liegt«, sagte Klaus bitter, »ist unser Vermögen.«

»Das ist überhaupt nicht wahr«, sagte Kapitän Talmi. »Ich will keinen Pfennig von eurem Vermögen haben. Außer natürlich als Bezahlung für das Segelboot, das ihr gestohlen und kaputtgemacht habt.«

Mr. Poe runzelte die Stirn und hustete in sein Taschentuch. »Nun, das ist ein etwas überraschender Wunsch«, sagte er, »aber ich denke, das lässt sich regeln. Kinder, geht bitte in euer neues Heim, während ich mit Kapitän Talmi die restlichen Dinge kläre. Vielleicht finden wir morgen die Zeit für ein gemeinsames Frühstück, bevor ich in die Stadt zurückkehre.«

»*Bitte*«, rief Violet. »*Bitte,* hören Sie uns doch zu!«

»*Bitte*«, rief Klaus. »*Bitte,* glauben Sie uns doch!«

Sunny sagte nichts. Sunny hatte schon lange nichts mehr gesagt, und wenn ihre Geschwister nicht so damit beschäftigt gewesen wären, auf Mr. Poe einzureden, hätten sie bemerkt, dass Sunny noch nicht einmal hochgeschaut hatte, um alle anderen beim Reden zu beobachten. Während der ganzen Unterredung hatte Sunny einfach geradeaus geschaut, und wenn man ein Kleinkind ist, bedeutet das, auf die Beine der anderen zu schauen. Das Bein, das sie genau betrachtete, war das von Kapitän Talmi. Sie betrachtete nicht sein rechtes Bein, das vollkommen normal war, sondern sein Holzbein. Sie betrachtete den Stumpf aus dunklem poliertem Holz, der mit einem gebogenen Metallgelenk an seinem linken Knie befestigt war, und sie konzentrierte sich intensiv darauf.

Es überrascht dich vielleicht, dass Sunny in diesem Augenblick eine gewisse Ähnlichkeit mit dem berühmten griechischen Eroberer Alexander dem Großen hatte. Alexander der Große lebte vor über zweitausend Jahren und genau genommen war sein Nachname gar nicht ›der Große‹. Ihn mit diesem Namen ›der Große‹ zu nennen, dazu zwang er die Menschen, indem er einen Haufen Soldaten in ihr Land brachte und sich zum König ausrief. Abgesehen davon, dass Alexander der Große in die Länder anderer Völker einfiel und sie dazu zwang, alles zu tun, was er sagte, war er auch wegen des so genannten Gordischen Knotens berühmt. Der Gordische Knoten war ein phantastischer Knoten, den ein König namens Gordius in ein Stück Tau geknüpft hatte. Gordius sagte, dass Alexander, wenn er den Knoten auflösen könnte, das ganze Königreich regieren dürfe. Aber da Alexander zu sehr damit beschäftigt gewesen war, Länder zu erobern, um zu lernen, wie man Knoten aufknüpft, zog er einfach sein Schwert und hieb den Knoten entzwei. Das war natürlich geschummelt, aber Alexander hatte zu viele Soldaten, als dass Gordius sich groß beschweren konnte, und so musste sich bald jedermann in Gordium diesem großen Du-weißt-schon-wem beugen. Seitdem kann man ein schwieriges Problem als einen gordischen Knoten bezeichnen, und wenn du das Problem mit einer einfachen Methode löst – auch wenn sie eher rüde ist –, dann zerhaust du den gordischen Knoten.

Das Problem, mit dem die Baudelaire-Waisen konfrontiert waren, konnte man ganz gewiss einen gordischen Knoten nennen, weil es so aussah, als ob man es unmöglich lösen konnte. Das Problem bestand natürlich darin, dass Kapitän Talmi kurz davor stand, seinen miesen Plan zu verwirklichen, und die Lösung bestand darin, Mr. Poe davon zu überzeugen, was wirklich vor sich ging. Aber nachdem Tante Josephine in den See geworfen worden und ihr Abschiedsbrief nur noch ein unbrauchbarer Klumpen aus nassem Papier war, konnten Violet und Klaus Mr. Poe von nichts mehr überzeugen. Sunny dagegen starrte auf Kapitän Talmis Holzbein und dachte an eine einfache, wenn auch rüde Methode, das Problem zu lösen.

Während sich die größeren Personen stritten und nicht auf Sunny achteten, kroch die kleinste Baudelaire so nah, wie sie konnte, an das Holzbein heran, öffnete den Mund und biss so fest wie möglich zu. Zum Glück für die Baudelaires waren Sunnys Zähne so scharf wie das Schwert Alexanders des Großen.

So splitterte Kapitän Talmis Holzbein mit einem Krach entzwei und alle blickten nach unten.
Wie du sicherlich schon erraten hast, war das Holzbein eine Attrappe, und als sie zersplitterte, enthüllte sie Kapitän Talmis richtiges Bein, bleich und verschwitzt, vom Knie bis zu den Zehen. Aber es war weder das Knie, noch waren es die Zehen, die jeden interessierten. Es war der Knöchel. Denn dort auf der bleichen, verschwitzten Haut von Kapitän Talmi lag die Lösung für ihr Problem. Durch ihren Biss in das Holzbein hatte Sunny den gordischen Knoten durchgehauen, denn als die Holzteile der Beinattrappe auf den Boden des Damokleskais fielen, konnte jeder ein tätowiertes Auge sehen.

Dreizehntes Kapitel

Mr. Poe wirkte erstaunt. Violet wirkte erleichtert. Klaus wirkte erlöst, was nur ein feineres Wort für »erleichtert« ist, das er bei der Lektüre eines Zeitschriftenartikels gelernt hatte. Sunny wirkte schadenfroh. Die Person, die weder wie ein Mann noch wie eine Frau aussah, wirkte enttäuscht. Und Graf Olaf – es ist wirklich eine Erleichterung, ihn endlich bei seinem richtigen Namen nennen zu können – wirkte erst erschrocken, aber nach einem Blick seines einzigen funkelnden Auges auf sein Bein verzog er sein Gesicht, um genauso erstaunt zu wirken wie Mr. Poe.

»Mein Bein!«, rief Graf Olaf scheinbar erfreut aus. »Mein Bein ist nachgewachsen! Das ist phantastisch! Das ist großartig! Das ist ein medizinisches Wunder!«

»Ach, nicht doch«, sagte Mr. Poe und verschränkte die Arme. »Das nimmt Euch keiner ab. Sogar ein Kind kann sehen, dass Euer Holzbein eine Attrappe war.«

»Ein Kind *hat* es gesehen«, flüsterte Violet Klaus zu.

»*Drei* Kinder, genau genommen.«

»Nun gut, vielleicht war das Holzbein eine Attrappe«, gab Graf Olaf zu und machte einen Schritt nach hinten. »Aber diese Tätowierung habe ich noch nie im Leben gesehen.«

»Ach, nicht doch«, sagte Mr. Poe noch einmal. »Das nimmt Euch auch keiner ab. Ihr habt versucht, die Tätowierung unter dem Holzbein zu verstecken, aber jetzt können wir sehen, dass Ihr wirklich Graf Olaf seid.«

»Nun gut, vielleicht ist das meine Tätowierung«, gab Graf Olaf zu und machte noch einen Schritt nach hinten. »Trotzdem bin ich nicht dieser Typ, dieser Graf Olaf. Ich bin Kapitän Talmi. Schauen Sie, ich habe hier eine Geschäftskarte, auf der das steht.«

»Ach, nicht doch«, sagte Mr. Poe noch einmal. »Das nimmt Euch keiner ab. Jeder kann in eine Druckerei gehen und sich Karten drucken lassen, auf denen steht, was er will.«

»Na gut, vielleicht bin ich nicht Kapitän Talmi«, gab Graf Olaf zu, »aber die Kinder gehören trotzdem mir. Josephine hat das gesagt.«

»Ach, nicht doch«, sagte Mr. Poe zum vierten und letzten Mal. »Das nimmt Euch keiner ab. Josephine hat die Kinder Kapitän Talmi überlassen, nicht Graf Olaf. Und Ihr seid Graf Olaf und nicht Kapitän Talmi. So liegt es wieder einmal an mir, zu entscheiden, wer für die Baudelaires sorgen soll. Ich werde diese drei Kinder woanders hinschicken und Euch werde ich ins Gefängnis schicken. Ihr habt zum letzten Mal Eure üblen Machenschaften begangen, Graf Olaf. Ihr habt versucht, an das Baudelaire-Vermögen heranzukommen, indem Ihr Violet heiratet. Ihr habt versucht, das Baudelaire-Vermögen zu stehlen, indem Ihr Monty ermordet.«

»Und dies hier«, knurrte Graf Olaf, »war bislang mein größter Plan.« Er riss sich die Augenklappe ab, die natürlich genauso eine Attrappe war wie das Holzbein, und starrte die Baudelaires mit seinen beiden funkelnden Augen an. »Ich möchte nicht prahlen – aber eigentlich sehe ich nicht ein, warum ich euch Dummköpfe weiter belügen soll –, ich *liebe* es, zu prahlen und dieses dumme alte Weib zu zwingen, den Abschiedsbrief zu schreiben, damit kann man schon prahlen. Was für eine dumme Gans Josephine doch war!«

»Sie war keine dumme Gans!«, schrie Klaus. »Sie war lieb und süß!«

»*Süß?*«, wiederholte Graf Olaf und grinste schrecklich. »Nun, genau in diesem Augenblick finden die Seufzerseesauger sie wohl tatsächlich sehr süß. Sie ist wahrscheinlich das süßeste Frühstück, das sie je zu sich genommen haben.«

Mr. Poe runzelte die Stirn und hustete in sein weißes Taschentuch. »Jetzt reicht es aber, Graf Olaf. Schluss mit Eurem widerwärtigen Gerede«, sagte er streng. »Jetzt haben wir Euch geschnappt und Ihr habt keine Möglichkeit zu entwischen. Das Polizeipräsidium am Seufzersee wird sich freuen, einen bekannten Verbrecher zu fangen, der wegen Betrug, Mord und der Gefährdung von Kindern gesucht wird.«

»Und wegen Brandstiftung«, meldete sich Graf Olaf.

»Ich habe gesagt: *Es reicht!*«, knurrte Mr. Poe. Graf Olaf, die Baudelaire-Waisen und sogar die massive Person wirkten erstaunt, dass Mr. Poe so streng gesprochen hatte. »Ihr habt zum letzten Mal diesen Kindern nachgestellt, und ich werde ganz sicher dafür sorgen, dass Ihr den zuständigen Behörden übergeben werdet. Eine Verkleidung wird Euch nichts nützen. Lügen werden Euch nichts nützen. Es gibt wirklich überhaupt nichts mehr, was Ihr in Eurer Situation tun könnt.«

»Tatsächlich?«, sagte Graf Olaf und seine fiesen Lippen kräuselten sich zu einem Grinsen. »Ich habe noch eine Idee, was ich tun kann.«

»Und was«, fragte Mr. Poe, »sollte das sein?«

Graf Olaf schaute grinsend jede der Baudelaire-Waisen an, als wären sie kleine Stückchen Schokolade, die er sich aufhob, um sie später zu verspeisen. Dann grinste er die massige Person an und schließlich wandte er langsam Mr. Poe sein grinsendes Gesicht zu. »Ich kann wegrennen«, sagte er und rannte weg. Graf Olaf rannte auf das schwere Metalltor zu und die massige Kreatur rannte unbeholfen hinter ihm her.

»Kommt sofort hierher zurück!«, schrie Mr. Poe. »Im Namen des Gesetzes: Kommt hierher zurück! Im Namen von Gerechtigkeit und Rechtschaffenheit: Kommt hierher zurück! Im Namen der Vereinigten Vermögensverwaltung: Kommt hierher zurück!«

»Wir dürfen nicht nur hinter ihnen herschreien!«, schrie Violet. »Los, wir müssen sie verfolgen!«

»Ich werde nicht zulassen, dass Kinder so einen Mann verfolgen«, sagte Mr. Poe und rief wieder: »Stehen bleiben, sage ich! Bleibt sofort stehen!«

»Wir dürfen sie nicht entkommen lassen!«, schrie Klaus. »Komm mit, Violet! Komm mit, Sunny!«

»Nein, nein, das ist nichts für Kinder«, sagte Mr. Poe. »Warte hier, mit deinen Schwestern, Klaus. Ich werde sie wieder einfangen. Sie werden Mr. Poe nicht entkommen. *He, Ihr da! Bleibt stehen!*«

»Aber wir können nicht einfach hier warten!«, rief Violet. »Wir müssen in ein Segelboot steigen und nach Tante Josephine suchen! Vielleicht ist sie ja noch am Leben!«

»Ihr Baudelaire-Kinder steht unter meinem Schutz«,

sagte Mr. Poe energisch. »Ich werde nicht zulassen, dass kleine Kinder ohne Begleitung herumsegeln.«

»Aber wenn wir nicht ohne Begleitung gesegelt wären«, wandte Klaus ein, »wären wir nun in den Fängen von Graf Olaf!«

»Darauf kommt es nicht an«, sagte Mr. Poe und ging eilig auf Olaf und die Kreatur zu. »Es kommt darauf an …«

Aber die Kinder konnten nicht hören, worauf es ankommt, wegen des gewaltigen *Bäng!*, mit dem die Kreatur das große Eisentor genau in dem Moment zugeschlagen hatte, als Mr. Poe es erreichte.

»Bleibt sofort stehen!«, befahl Mr. Poe durch das Tor hindurch. »Kommt hierher, Ihr unangenehme Person!« Er versuchte das große Tor zu öffnen, musste aber feststellen, dass es abgeschlossen war. »Es ist abgeschlossen!«, rief er den Kindern zu. »Wo ist der Schlüssel? Wir müssen den Schlüssel suchen!«

Die Kinder eilten zum Tor und blieben stehen, als sie ein klingelndes Geräusch hörten. »Ich habe den Schlüssel«, sagte Graf Olafs Stimme von der anderen Seite des Tores. »Aber macht euch keine Sorgen. Wir sehen uns bald wieder, Waisen. *Sehr bald.*«

»Macht sofort dieses Tor auf!«, rief Mr. Poe, aber natürlich machte niemand das Tor auf. Er rüttelte und schüttelte daran, aber das Tor mit den Metallspitzen ging nicht auf. Mr. Poe eilte zu einer Telefonzelle und rief die Polizei, aber die Kinder wussten, dass Graf Olaf, lange bevor die Polizei eintraf, verschwunden sein würde. Völlig erschöpft und mehr als völlig verzweifelt ließen sich die Baudelaire-Waisen auf den Boden des Damokleskais sinken. Mit finsteren Mienen hockten sie an derselben Stelle, wo wir sie zu Beginn dieser Geschichte angetroffen haben.

Im ersten Kapitel – du wirst dich erinnern – saßen die Baudelaires auf ihren Koffern und hofften, dass ihr Leben sich ein wenig zum Besseren wenden würde, und ich wünschte, ich könnte dir hier am Ende der Geschichte sagen, dass es so kam. Ich wünschte, ich könnte schreiben, dass Graf Olaf geschnappt wurde, als er zu fliehen versuchte, oder dass Tante Josephine zum Damokleskai geschwommen kam, nachdem sie auf wunderbare Weise den Seufzerseesaugern entkommen war. Aber so war es nicht. Als die Kinder auf dem feuchten Boden saßen, war Graf Olaf schon halb über den See und würde bald darauf in einem Zug sein, als Rabbiner verkleidet, um die Polizei zu täuschen. Und ich muss dir leider mitteilen, dass er schon wieder einen anderen Plan ausheckte, um das Baudelaire-Vermögen an sich zu reißen. Wir werden auch nie erfahren, was mit Tante Josephine passierte, während die Kinder auf dem Kai saßen und ihr nicht helfen konnten. Ich kann nur so viel sagen, dass schließlich – etwa zu der Zeit, als die Baudelaire-Waisen gezwungen waren, eine elende Internatsschule zu besuchen – zwei Fischer die beiden Schwimmwesten von Tante Josephine fanden, die zerfetzt und ganz allein in den trüben Wassern des Seufzersees trieben.

In den meisten Geschichten wird, wie du weißt, der Bösewicht besiegt, es gibt ein Happy End und jeder kann nach Hause gehen und weiß, was die Moral der Geschichte ist. Aber im Falle der Baudelaires war alles anders. Graf Olaf, der Bösewicht, hatte zwar mit seinem üblen Plan keinen Erfolg gehabt, aber mit Sicherheit war er auch nicht besiegt worden. Auch ein Happy End gab es nicht. Und schließlich konnten die Baudelaires auch nicht mit der Gewissheit nach Hause gehen, die Moral der Geschichte zu kennen, aus dem einfachen Grunde, dass sie überhaupt nicht nach Hause gehen konnten. Nicht nur weil Tante Josephines Haus in den See gestürzt war, sondern weil das eigentliche Haus der Baudelaires – das Haus, in dem sie mit ihren Eltern gelebt hatten – nur noch ein Haufen Asche auf einem verlassenen Grundstück war, und sie dahin nicht zurückkehren konnten, wie sehr sie es auch wollten.

Aber selbst wenn sie nach Hause hätten gehen können, hätte ich Schwierigkeiten, dir zu erklären, was die Moral der Geschichte ist. Bei einigen Geschichten ist das einfach. Die Moral von »Die drei Bären« ist zum Beispiel: »Brich niemals in das Haus von jemand anderem ein!« Die Moral von »Schneewittchen« ist: »Iss keine Äpfel!« Die Moral des Ersten Weltkrieges ist: »Begehe kein Attentat auf Erzherzog Ferdinand!« Violet, Klaus und Sunny aber saßen auf dem Kai, beobachteten, wie die Sonne über dem Seufzersee aufging, und fragten sich, was genau die Moral ihres Aufenthaltes bei Tante Josephine war.

Der Ausdruck »es dämmerte ihnen«, den ich gleich verwenden will, hat nichts damit zu tun, dass sich das Sonnenlicht über den Damokleskai ausbreitete. »Es dämmerte ihnen« bedeutet einfach: Sie machten sich etwas klar. Während die Baudelaire-Waisen dasaßen und sahen, wie sich der Kai bei Anbruch des Tages mit Menschen füllte, machten sie sich etwas klar, was für sie sehr wichtig war. Es dämmerte allen dreien, dass im Unterschied zu Tante Josephine, die ganz allein und traurig in ihrem Haus gelebt hatte, sie sich gegenseitig trösten und im Laufe ihres elenden Lebens unterstützen konnten. Und obwohl ihnen diese Erkenntnis nicht das Gefühl völliger Sicherheit oder völligen Glücks geben konnte, machte sie sie doch dankbar.

»Vielen Dank, Klaus«, sagte Violet dankbar, »dass du diese Nachricht entziffert hast. Und vielen Dank, Sunny, dass du die Schlüssel zum Segelboot gestohlen hast. Ohne euch beide wären wir jetzt in Graf Olafs Fängen.«

»Vielen Dank, Violet«, sagte Klaus dankbar, »dass du an die Pfefferminzbonbons gedacht und uns so etwas Zeit gewonnen hast. Und vielen Dank, Sunny, dass du im richtigen Augenblick das Holzbein zerbissen hast. Ohne euch beide wären wir jetzt verloren.«

»Peilums«, sagte Sunny dankbar, und ihre Geschwister verstanden sofort, dass sie Violet für die Erfindung des Signalsystems und Klaus dafür dankte, dass er ihnen mit dem Atlas den Weg zur Grauen Grotte gewiesen hatte.

Dankbar lehnten sie sich aneinander und auf ihren feuchten und ängstlichen Gesichtern breitete sich ein leises Lächeln aus. Sie hatten einander. Ich bin nicht sicher, ob »Die Baudelaires hatten einander« die Moral dieser Geschichte ist, aber für die drei Geschwister reichte es aus. Mitten in ihrem unglücklichen Leben einander zu haben gab ihnen ein Gefühl, als hätten sie mitten in einem Hurrikan ein Segelboot, und das war wirklich ein glückliches Gefühl.

Ende

LEMONY SNICKET

Verehrter Verleger,

ich schreibe Ihnen aus dem Rathaus von Jammerau, wo ich den Bürgermeister überredet habe, mich in das augenförmige Haus von Dr. Orwell zu lassen, damit ich weitere Nachforschungen über das Leben der Baudelaires in dieser Gegend anstellen kann.
Am kommenden Freitag wird sich ein schwarzer Jeep in der nordwestlichen Ecke des Parkplatzes am Orion-Observatorium befinden. Brechen Sie ihn auf. Im Handschuhfach sollten Sie meine Beschreibung dieses erschreckenden Kapitels im Leben der Baudelaires finden. Sie trägt den Titel DIE SIRRENDEN SÄGEN. Außerdem finden Sie dort Informationen zur Hypnose, einen Mundschutz für Chirurgen und achtundsechzig Kaugummis. Ich habe auch die Baupläne der Greiferanlage beigelegt, weil ich annehme, dass sie dem Illustrator bei seiner Zeichnung des Umschlags hilfreich sein können.

Bedenken Sie, dass ich in Sie meine letzte Hoffnung setze, die Geschichten der Baudelaire-Waisen schließlich doch noch einer breiteren Öffentlichkeit zugänglich zu machen.

Mit vorzüglicher Hochachtung

Lemony Snicket

Lemony Snicket
Schauriger Schlamassel · Band 1
Der Alptraum am Anfang
Roman
Aus dem amerikanischen Englisch von Klaus Weimann
Beltz & Gelberg Taschenbuch (78604), 144 Seiten *ab 10*

Bis zum tragischen Tod ihrer Eltern waren Violet, Sunny und Klaus die glücklichsten Kinder der Welt. Doch dann tritt der hinterhältige Graf Olaf in ihr Leben. Statt die bedauernswerten Waisenkinder zu beschützen, versucht Graf Olaf mit allen Mitteln, an deren stattliches Erbe zu gelangen. Die Baudelaire-Waisen haben den Bösewicht schnell durchschaut – doch wie sollen sie sich zur Wehr setzen? Fast scheint Graf Olaf sein Ziel zu erreichen …

Unter dem Titel »Der schlimme Anfang«
auch als Hörbuch lieferbar, gelesen von Stefan Kurt
3 CD, 170 Min.
HÖRCOMPANY
ISBN 3-935036-07-8

www.beltz.de
Beltz & Gelberg, Postfach 10 01 54, 69441 Weinheim

Lemony Snicket
Schauriger Schlamassel · Band 2
Der schillernde Schlangensaal
Roman
Aus dem amerikanischen Englisch von Birgitt Kollmann
Beltz & Gelberg Taschenbuch (78605), 168 Seiten *ab 10*

Bis zum tragischen Tod ihrer Eltern waren Violet, Sunny und Klaus die glücklichsten Kinder der Welt. Doch dann tritt der hinterhältige Graf Olaf in ihr Leben. Statt die bedauernswerten Waisenkinder zu beschützen, versucht Graf Olaf mit allen Mitteln, an deren stattliches Erbe zu gelangen … Bei ihrem Onkel, dem berühmten Schlangenforscher Montgomery Montgomery, fühlen sich die drei Waisenkinder wie im Paradies, denn von Graf Olaf ist weit und breit keine Spur. Doch schon nach kurzer Zeit taucht ein neuer Assistent auf!

Unter dem Titel »Der Reptiliensaal«
auch als Hörbuch lieferbar, gelesen von Stefan Kurt
3 CD, 210 Min.
HÖRCOMPANY
ISBN 3-935036-08-6

Lemony Snicket
Schauriger Schlamassel
Die sirrenden Sägen

Lemony Snicket
Schauriger Schlamassel · Band 5
Die schreckliche Schule
Roman
Aus dem amerikanischen Englisch von Klaus Weimann
Beltz & Gelberg Taschenbuch (78608), 192 Seiten *ab 10*

Bis zum tragischen Tod ihrer Eltern waren Violet, Sunny und Klaus die glücklichsten Kinder der Welt. Doch dann tritt der hinterhältige Graf Olaf in ihr Leben. Statt die bedauernswerten Waisenkinder zu beschützen, versucht Graf Olaf mit allen Mitteln, an deren stattliches Erbe zu gelangen … Ein vornehmes Internat – das könnte der Ort sein, an dem die Baudelaire-Kinder vor Graf Olaf in Sicherheit sind. Ist es aber nicht. Alles ist schlimm dort: die Verpflegung, die Schüler, die Lehrer und allen voran der stellvertretende Direktor. Einziger Lichtblick sind die Quagmeir-Drillinge!

www.beltz.de
Beltz & Gelberg, Postfach 10 01 54, 69441 Weinheim

Lemony Snicket
Schauriger Schlamassel · Band 6
Der finstere Fahrstuhl
Roman
Aus dem amerikanischen Englisch von Birgitt Kollmann
Beltz & Gelberg Taschenbuch (78609), 224 Seiten *ab 10*

Bis zum tragischen Tod ihrer Eltern waren Violet, Sunny und Klaus die glücklichsten Kinder der Welt. Doch dann tritt der hinterhältige Graf Olaf in ihr Leben. Statt die bedauernswerten Waisenkinder zu beschützen, versucht Graf Olaf mit allen Mitteln, an deren Erbe zu gelangen … Und die Baudelaire-Geschwister haben weiterhin Pech: Sie werden von Mr und Mrs Elend adoptiert. In deren sonderbarem Haus stoßen die Kinder auf einen finsteren Fahrstuhlschacht. Und Graf Olaf lauert schon …

www.beltz.de
Beltz & Gelberg, Postfach 10 01 54, 69441 Weinheim

Louis Sachar
Löcher
Die Geheimnisse von Green Lake
Roman
Aus dem Amerikanischen von Birgitt Kollmann
Beltz & Gelberg Taschenbuch (78568), 296 Seiten *ab 12*
Nominiert für den Deutschen Jugendliteraturpreis

Dieses Buch erzählt die ganz unglaubliche, zum Weinen komische Geschichte von Stanley, der endlich, endlich den Familienfluch der Yelnats bannt. Hundert Jahre gab es kein Entrinnen: Was immer ein Yelnats anfing, es ging schief. Die Geschäftsidee von Stanleys Vater, gebrauchte Turnschuhe zu recyceln, war da nur das letzte Glied einer langen Unglückskette. – Und urplötzlich winkt das Glück. Davor aber liegen: die Geheimnisse von Green Lake.

»Selten wurden einem solch wundervolle Zufälle zugemutet. Und selten schluckte man sie so willenlos und begeistert, um nur möglichst schnell und störungsfrei weiterlesen zu können.«
Die Zeit / Radio Bremen

Rodney Bennett
Die Kreuze im Nebel
Roman
Aus dem Englischen von Susanne Lenz
Beltz & Gelberg Taschenbuch (78343), 272 Seiten *ab 12*

Mit einem harmlosen Ausflug ins Moor fängt alles an und droht zum Alptraum zu werden. An einem strahlenden Sommertag geraten William und Tom plötzlich in dichten Nebel. Obwohl sie kaum die Hand vor Augen sehen können, entdecken sie einige uralte Granitkreuze, in die lateinische Namen eingemeißelt sind. Und Tom sieht diesen gespenstischen Jungen vorbeilaufen. Als der Spuk vorüber ist, stehen die zwei vor einem Rätsel: Die Kreuze sind unauffindbar. Bei ihren Nachforschungen stoßen die beiden Jungen auf hartnäckiges Schweigen – und auf Angst. Von den Kreuzen und dem, was hier viele Jahrhunderte zuvor geschehen ist, scheint ein unheimlicher Sog auszugehen. Während Tom immer mehr in den unheimlichen Bann gerät, versucht William mit aller Kraft, seinen Freund zu retten.

www.beltz.de
Beltz & Gelberg, Postfach 10 01 54, 69441 Weinheim

Elisabeth Honey
Stellastraße 45 + 47
und alles, was passiert ist
Roman
Aus dem Englischen von Heike Brandt
Mit Bildern von Franziska Biermann
Beltz & Gelberg Taschenbuch (78387), 264 Seiten *ab 11*

Jeden Winkel kennen Henni, Zev, Danielle und Frank in ihrer heiß geliebten Stellastraße. Dass eines Tages neue Nachbarn in die Nr. 47 einziehen, wäre auch nicht weiter tragisch, wenn sie nicht das hübsche Haus vom alten Tantchen Lilli in Nullkommanix in eine hässliche Schickimickivilla verwandeln würden. Überhaupt benehmen sich die Herrschaften von Nr. 47 höchst verdächtig …

»Ein herrlicher Schmöker für unter die Bettdecke, der erst aus der Hand gelegt werden kann, wenn die Taschenlampe ihr Licht aushaucht bzw. das Geheimnis der Scheinheiligen gelüftet ist.«
Der Tagesspiegel

www.beltz.de
Beltz & Gelberg, Postfach 10 01 54, 69441 Weinheim

Philip Pullman
Der Rubin im Rauch
Abenteuer-Roman
Aus dem Englischen von Christa Laufs
Beltz & Gelberg Taschenbuch (78216), 208 Seiten *ab 12*
Der erste Band der Sally-Lockhart-Trilogie
Preis der Leseratten des ZDF

London 1872: Die 16-jährige Sally erhält nach dem Tod ihres Vaters einen geheimnisvollen Brief. Bei ihren Nachforschungen stößt sie auf immer mysteriösere Geschehnisse. Sie ahnt nicht, dass sie in der heruntergekommenen und skrupellosen Mrs. Holland, die in der finstersten Hafengegend haust, eine äußerst gefährliche Feindin hat. Sie weiß nur, dass ein kostbarer Rubin eine wichtige Rolle spielt und dass in ihrem immer wiederkehrenden Alptraum die Lösung für alle Rätsel liegt.

»Man wird in eine düstere, geheimnisvolle Atmosphäre versetzt, die etwa an Oliver Twist und David Copperfield erinnert. Eine fast unerträgliche Spannung und Neugier treibt den Leser bis zur letzten Seite.«
Aus der Begründung der Leseratten-Juroren

www.beltz.de
Beltz & Gelberg, Postfach 10 01 54, 69441 Weinheim

Philip Pullman
Der Schatten im Norden
Abenteuer-Roman
Aus dem Englischen von Reinhard Tiffert
Beltz & Gelberg Taschenbuch (78414), 280 Seiten *ab 12*
Der zweite Band der Sally-Lockhart-Trilogie

Mysteriöse Dinge geschehen im London des Jahres 1878: Ein Schiff verschwindet, ein Magier entgeht nur knapp einem Mordanschlag und eine Hellseherin spricht in Trance vom reichsten Mann Europas. Dass all diese Ereignisse in einem Zusammenhang stehen, ahnt niemand – außer Sally Lockhart, die das Detektivhandwerk nie gelernt hat und dennoch so gut beherrscht, dass sie einen der größten Verbrecher der Zeit das Fürchten lehrt. Die Spur, die Sally verfolgt, führt in den Norden, und Sally und ihre Freunde geraten dabei in höchste Gefahr.

Philip Pullman
Der Tiger im Brunnen
Abenteuer-Roman
Aus dem Englischen von Reinhard Tiffert
Beltz & Gelberg Taschenbuch (78485), 448 Seiten *ab 12*
Der dritte Band der Sally-Lockhart-Trilogie

London, im Jahr 1881: Sally Lockhart ist eine erfolgreiche junge Frau – als Finanzberaterin ebenso wie als Detektivin. Ihr größtes Glück ist ihre kleine Tochter Harriet. Da taucht plötzlich ein Unbekannter auf, der danach trachtet, dieses Glück zu zerstören. Sally muss handeln, doch ihr Spürsinn bringt sie in Lebensgefahr …

»Pullman erzählt spannend, mit energischen Schnitten, die uns aus vertrauten Handlungsräumen in andere, ganz fremde katapultieren. Er spart nicht an Vorzeichen des Unheils, zeichnet kräftige schwarz-weiß Kontraste, aber auch mit wenigen lakonischen Strichen nuancierte Porträts. Mit Sally ist ihm eine differenzierte Heldin der Moderne gelungen.« *Literaturen*

www.beltz.de
Beltz & Gelberg, Postfach 10 01 54, 69441 Weinheim